［日］**宫泽伊织**　著

游凝　译

U0733748

里世界郊游

②

世界尽头的海滨度假之夜

文化发展出版社

Cultural Development Press

◇千本櫻文庫◇

文库，原本是指收纳书物的仓库和书库，也指收纳书与记事簿，以及不常用物品的小箱子。以前者为例，京浜急行线的"金泽文库站"就是以前镰仓时代北条氏用来收藏汉书用的，"金泽文库"名字的由来便是如此。东京都的世田谷区也存在收集珍贵汉书的"静嘉堂文库"。后者则更多地被称为"手文库"。

江户时代以来，可以放入袖袂的小开本书籍逐渐流行起来，被称为"袖珍本"。明治三十六年（1903年），富山房发行了小开本的丛书，起名"袖珍名著文库"。随后，明治四十四年（1911年），讲述战国时代的猿飞佐助和雾隐才藏系列故事的讲谈社"立川文库"发行出版。讲谈是日本民间艺术，以口语化的方式讲述历史故事。而"立川文库"则是将讲谈收录成册集中出版的丛书，据统计，当时刊行量为200册左右。从那时起，文库就脱离了原本的释意，逐渐演变成了现在的类书集丛。

文库说法借鉴了日本出版业界的传统说法。而千本樱源自日本奈良县吉野山樱花盛开的奇景，世人皆用"一目千本樱"来形容樱花美景。千本樱文库纳入的作品皆为日系作品，题材包括推理、悬疑、幻想、青春、文化等类型，正如千本樱满山盛开的绝景。

现代日本，以"文库"命名刊行的丛书系列有200种以上，所谓"文库本"只不过是统称而已。日本传统的"文库本"常用的是A6尺寸的148mm×105mm，也叫"A6判"。千本樱文库的所有书籍将在"文库本"的基础上提升，达到148mm×210mm的开本标准。在追求还原的前提下，力图带给读者更清晰的阅读体验。

明治维新以来，日本文学有了长足发展，传统文学扎根本土，西学东渐，渐渐演化出了日本特有的美学文化。类型文学则在国民精神需求骤增的背景下蓬勃发展，各家出版社争相设立文学新人奖，用来挖掘出色的文化创作者。而投稿获奖也是志在成为作家的创作者们最依赖的出道途径。不过，新人出道的方式并不局限于此。而更为普遍的另一种方式则是历史更为悠久的毛遂自荐。

"毛遂自荐"是指创作者携带稿件去出版社投稿，随后文稿被刊登在期刊杂志上，该文章的作者便算是出道。进入20世纪80年代以后，日本的期刊杂志类型逐渐丰富起来，作者的出道机会也就越来越多。1989年，日本角川书店创刊《Sneaker》用来连载少年向的小说，随后转向多样化类型的方向运营。2011年，《Sneaker》刊载了一部名为《我的魔剑废话很多》的轻小说作品，随后出版了四卷单行本，宫泽伊织由此出道。

宫泽伊织虽然顺利出道，发展却不顺利。轻小说并不能发挥其才能，因此已经出道的她，开始转而向文学奖投稿。2015年，宫泽伊织以《诸神的步法》斩获了科幻文学的重要奖项"第6届创元SF短篇奖"，转型创作科幻小说。这部《诸神的步法》虽然公开时间晚于出道作，创作时间却早于《我的魔剑废话很多》。回归本心的作者受到日本科幻文学的中流砥柱早川书房的邀请，正式连载科幻小说《里世界郊游》。这部作品吸收了部分轻小说的角色塑造方式，更主要的还是硬核的科幻设定与意想不到的剧情展开。怪谈与异世界的结合方式，搭配冒险的主线增加了几份惊险刺激的阅读体验，天马行空却又符合逻辑的设定往往能够让人深陷其中，这是只属于"宫泽流"的异世界。

千本樱文库编辑部

contents

目录

Otherside Picnic

Otherside Picnic

档案5
如月车站美军救援行动

1

昏暗的房间中弥漫着肉块灼烧的气味。

每当红黑色的火舌舔舐油脂，火势便越发猛烈。蒸腾的烟雾熏烤着眼睛和鼻子，衣服和头发上萦绕着的臭气久久未散——

现在是七月。梅雨季节结束的同时，东京也进入了夏天。

最高气温日渐攀升，逐步逼近的期末考试让我精疲力竭。令人惊讶的是，大学里的学分和论文依然存在，与"里世界"探险的非日常井水不犯河水。

我也曾一度感到疑惑，在亲身经历过怪谈的那些人当中，不少人都有过非同寻常的奇异体验，但他们却能长期忘却这一切，回归原来的日常生活，好像什么都没发生过。这种事真的可能吗？当时的我感到不可思议，但当自己也站在一样的立场上时我就明白了。

不管有过多么奇妙的体验，我们都能回到日常生活中。只要什么都不去想就够了。之后，身体就会自己动起来。

日常和习惯的力量就是如此强大。人类能保持一定的体温也是同样的道理，我们称之为稳态（homeostasis）。只不过是经历了一些不寻常的事情，尚不足以打破其屏障。

另外，也有人未能再回到原来的生活中。

弄坏了身体的人；失去了理智的人；没人愿意相信自己的经历，与朋友亲人关系破裂的人。

有时候，"怪异"的遭遇虽然不足以毁掉一个人的人生，却贯穿了"稳态"的铠甲，留下了伤痕。有的人不开着灯就睡不着，有的人对海洋心怀恐惧，有的人失去了某一时期的记忆。

其中，也有人因为恐惧，反而变得愤怒。

……现在，坐在我和鸟子面前的小樱正是如此。

我们三个人沉默地围坐在烤肉店的桌子旁。

面前就是滋滋作响的上等盐烤牛舌，但小樱的表情仍然十分阴沉。

"那个，小樱，已经差不多了吧……"

我诚惶诚恐地说道，小樱隔着烟幕狠狠地剜了我一眼。

"你有什么要说的吗？别以为这样就能让我原谅你们。"

"啊，不是，我说肉，应该差不多可以吃了吧？"

小樱皱紧眉头，用鼻子哼了一声，慢慢伸出筷子从铁网上夹走了牛舌。三块一起。

"啊——好香！快吃吧，空鱼。"

鸟子雀跃地说，举着筷子紧盯着烤网。

"……你到底知不知道今天的主题啊？"小樱抢在我之前吐槽了一句，"是检讨会。你们俩要进行检讨，并且向我道歉。"

"OK。对不起，你说得对。"

鸟子老老实实地回答道，一边夹起牛舌，带着乖巧的表情放进了嘴里。

"嗯嗯！好吃——"

这家伙完全没有在反省啊。

这么想着，我也伸出了筷子。

……喔喔。这牛舌确实了不得，只放柠檬汁和盐竟然能如此香嫩鲜美。

"接下来要烤什么？有什么既定的顺序吗？"

"什么都可以啦，随便烤烤。"

小樱敷衍地说着把嘴凑到啤酒杯口。她娇小的身材衬得中号扎啤杯越发巨大，看上去总觉得是我们在唆使未成年人喝酒的样子。她本人似乎也意识到了这一点，点菜时还没等店员开口就拿出了驾驶证。

鸟子用铁夹把特级里脊一块块放上烤网，她的手法比我更加娴熟灵活。因为我也是有生以来第一次来烤肉店，所以烤肉的事就都交给她了。

我们之所以会在烤肉店开庆功宴，是在小樱的强烈要求下决定的。准确来说，应该是遵照小樱的吩咐，以开检讨会的名义举行的。

在上一次去"里世界"探险时，我为了追寻鸟子，把小樱一个人留在了危险的"里世界"的夜幕当中。

在巨大变异点（glitch）幻化而成的街区，我用右眼的能力把小樱变成了植物的样子。本以为在夜晚的"里世界"，植物的姿态会更加安全。在那个变异点中，我的认识决定了周围的环境，那么如果把小樱看作植物，她不就能从"里世界"怪物的眼皮子底下逃走了吗？基于这一推测，我做出了决断。

因为小樱本来就对"里世界"抱有极度的恐惧，还以为把她一个人丢在那里，她会更加害怕，对着把自己卷进来的鸟子和我大发脾气呢。但当我找到鸟子，把她带回去和小樱汇合时，却发现对方的样子有些奇怪，呆呆的，叫她也没什么反应。回到"表世界"之后，小樱仍然不怎么说话。我们把她送回了家，但她招呼都不打就把门锁上了，陷入了自闭状态。

应该没事吧——我心想着，眨眼间一星期过去了。我突然接到小樱的电话，刚接通就听到对面传来慷慨激昂的声音。

"别——他妈开玩笑了！你们看不起别人也有个限度！"

看来当时是因为遇到的事太恐怖了，一时间失去了意识。

"肉……"

我对着电话那头的小樱一个劲儿地道歉，小樱说。

"我要吃肉，不吃肉不足以平息我的怒火。"

"那个……"

"要上等的肉，像模像样的肉。要是敢用那种廉价的自助烤肉店糊弄我，我就把你们的手摁到烧红的铁网上印点优雅的小格子图案上去。"

"那个，你的意思是要我请客吗？我可是挺穷的……小樱你比较有钱……"

小樱的破口大骂打断了我接下来要说的话。

明明是个住在石神井公园高级住宅街的成年人，竟然要穷学生请客，实在是太残忍了。

就这样，我向鸟子说明了情况，召开了这场本质是检讨会的三人庆功宴。烤肉店是鸟子选的，位于池袋站西口不远处一片治安莫名有些恶劣的区域。虽然很昂贵，但确实美味……原来肉有这么多的种类，我不禁露出了微笑。

"小空鱼，干吗笑眯眯的？"

发现小樱正一脸嫌弃地看着自己，我捂住了嘴角。

"抱歉，上等里脊太好吃了，所以……"

"我倒是无所谓，毕竟花的是你的钱。"

小樱有些无语地说。我这才猛然一惊，对啊，这顿饭花的是我和鸟子的钱。

"鸟子，你可别像平时那样点过头啊！"

"欸——反正全部都能吃完，没关系吧。"

"不是量的问题！话说清盘子的是我对吧？鸟子每次不都是只负

责点，吃到后面就消停了。"

"因为我喜欢看空鱼努力吃的样子嘛。"

你说啥？

鸟子出人意料的回答让我无言以对，正在这时，不知道什么时候点的特选牛小排上了桌，现在就不是纠结这个问题的时候了。

我们三人争夺着烤网上的肉，品味着柔和的油脂在舌尖融化的感觉，趁着大战告一段落，鸟子用庄重的语气说：

"嗯——关于上次的事情，说真的，我觉得很对不起你们。本来以为空鱼已经不会再到'里世界'来，没想到连小樱都来找我了，我没想把你们卷进来，对不起。"

我和小樱一边吧唧吧唧地咀嚼，一边默默地注视着鸟子。

小樱吞下口中的肉，一脸无趣。

"听你这个说法，好像是我们俩擅自追过去的错？"

"我没这么说。"

"你明明可以更信任我们的，不是吗？"

我也表达了自己的不满。

"我……相信你们啊！可是，不能再这样奉陪自作主张的我了。"

鸟子的口气像是在辩白。咦？这家伙怎么比平时脆弱？

我起了点坏心眼，语气冷了下来。

"你就是因为觉得我们靠不住才一个人去的吧？也没想过我们会去救你吧？明明我们俩曾经那么多次战胜了危机，你不觉得这样很过分吗？"

"那是……我都说了对不起……"

我故意撇开眼睛不去看她，我感觉到身旁的鸟子有些不知所措。

怎么办？

总觉得有点儿……好玩。

"小空鱼。"

"怎么了？"

"先说好，你也很过分啊。"

正当我快得意忘形的时候，小樱话中带刺地说。

"我当时可是相信了小空鱼，因为你说过会让我处于'安全状态'。"

"是……是这样。"

"结果那是什么情况啊？我一个人被留在了那片花田一般的地方。"

"花田？"

"回过神时，你已经不见了。从某处传来了水流的声音，四周好像有许多人在说着些什么，可是一个人也没有。明明知道不能待在这个地方，但我却哪里都不想去。"

小樱恍恍惚惚地说着，她的眼睛看向某个遥远的地方。坐在熊熊燃烧的赤色炭火跟前，我的手臂上竟浮起了一层鸡皮疙瘩。

"我动弹不得，就像脚下生了根，只是茫然地站在原地。站着站着，身边的说话声变得嘈杂，我捂住耳朵，这次是夜空中的星星开始逐渐变成某种特殊的形状。好可怕，那些人的声音像是发怒了。我的意识逐渐远去，但如果真的晕倒，估计就完了，所以我蹲在地上一直盯着地面，对周围站着的某些人不停地说着对不起、对不起……再回过神来，就看见了你们俩。"

小樱闭上眼睛，"呼——"地叹了口气。

"能回到这边就好，但那时候真是糟透了……小空鱼，你当时是怎么打算的？如果我在那里发疯了或者死了怎么办？"

"当时……我以为没事，所以……"

"嗯？"

"好像，并不是没事呢。哈哈、哈。"

被横眉竖目的小樱盯着，讨好的笑容逐渐从我的脸上消失。

"小樱，空鱼是为了找我没有办法才——"

鸟子正要插嘴，小樱猛地瞪圆了双眼。

"吵死了——你在那里包庇小空鱼，不就搞得像是我纠缠不清的错吗？我是受害者，有错的是你们这两个家伙！别找借口！"

"非……非常抱歉。"

我低头认错，小樱一脸不悦地向后靠去。

"你啊，反正完——全没把我放在心上吧。"

"那……那倒也不至于。"

"不只是我，对冴月也一样。我听鸟子说了哦，你毫不犹豫地对那个长着冴月的脸的东西开了枪。"

"那东西又不是人类……"

"我们现在基本不知道'里世界'会对人类造成什么样的影响。你这个混蛋，这点事总该想得到吧？那东西可能与冴月本人有着某种联系，你当然考虑过吧？虽然考虑过，但还是无视了这种可能性对吧？说到底别人的事怎样都无所谓，不是吗？对自己以外的事物漠不关心，不是吗？"

"小樱……"

"鸟子你给我闭嘴。"

立刻被打断的鸟子眉毛撇成了八字形。

虽然我确实心怀愧疚，但被这么毫不留情地说了一顿，也有点冒火了。鸟子和小樱在我不知道的地方谈论过关于冴月的事情也让人不爽。

为了恢复士气，我把杯中的啤酒一饮而尽，将空了的扎啤杯拍在桌上，使劲探出身子。

"既然你说到这份上，我也要问问了！"

"哦？干吗，想反将一军？"

"我一直都很想知道，小樱你到底是什么身份啊？你好像说过自己是认知科学家，真的吗？你一直宅在家里，做的是什么工作？这个年纪怎么说也不会是教授吧。就连我都知道搞研究的基本上赚不到钱，你到底靠什么吃饭？那一百万元是从哪儿来的？"

"……你是说我给你们的那笔钱吗？"

"就是那个啊！莫非是黑钱？所以枪什么的一把把往外掏？！"

小樱向我投以怀疑的视线，勾了勾手指把鸟子叫过去问道："鸟子，小空鱼的酒品很差吗？"

"我觉得她的酒量不小，但生起气来就容易情绪激动。"

"你们俩在偷偷摸摸地说些什么？！"

"这就叫故意让你听见啦。"

小樱不耐烦地说着，从烤网一角把杏鲍菇装盘放进嘴里。

"追究这个就是多此一举了……虽然想这么说，但也怪不得你会耿耿于怀啦。那不是黑钱，放心吧。"

"那到底是怎么一回事？"

她的视线在空中游移，似乎正在思考，然后，或许是我的错觉，小樱用慎重的语气说："有一个负责交流'里世界'情报的民间组织。我加入了那个组织，那边也多少出了点资金。"

"欸？！我从来没听说过！"

鸟子瞪圆了双眼，我也一样。

"那是什么？怎么至今为止都没听你说过？"

"有必要说吗？我在那里和其他研究者谈论一些专业问题罢了。鸟子只是想搜寻冴月的下落，小空鱼也不过是想赚钱而已吧。"

"能不能别说得这么难听？"

"比起好不好听，你这个混蛋倒是把重点放在别的事情上啊。"

什么事情？我还在想，身边的鸟子已经隔着餐桌探出了身子。

"莫非冴月也是那个组织的一员？"

"不如说正是她把我拉进了那里。坦白讲，我只是代替擅自人间蒸发的冴月履行职务罢了。"

小樱怒气冲冲地说着，把粘在烤网上的牛小排碎屑拨到一边。鸟子似乎想说些什么，最后还是放弃了，悲切地垂下眼睛。

总觉得气氛变得凝重了起来。我没有如愿反将一军，叹了口气问小樱。

"……还吃肉吗？"

"吃。"

"吃。"

两人异口同声的回答。

鸟子，我可没有在问你。

虽然已经做好了心理准备，看到账单上不小的数目，我的酒意还是唰地一下消失了。明明是两人平摊，但鸟子摇摇晃晃地走着，看上去心情相当好，叫人火大。

我回家要坐的电车是埼京线，鸟子是山手线，小樱则是西武池袋线。鸟子理所当然地提出要把小樱送到检票口，我也自然而然地跟了过去。

离开嘈杂的池袋站，走到西武线地面检票口时小樱突然说道："小空鱼，今晚要不要来我家？"

"欸？我不去，为什么要去？"

"因为我不想一个人回家。"

小樱仰头看着我，用闹别扭的语气说。我感到十分困惑。

"去漫画咖啡吧什么的住一晚上不就行了？"

"不是这个问题，我不想一个人待着。"

"……"

我歪歪头，小樱气急败坏地提高了声音。

"因为我害怕！害怕一个人！"

"所以说你为什么要生气啊？"

"没生气！你怎么就不懂呢！如果那三个大婶再找上门来该怎么办？"

"用霰弹枪打它们不就好了嘛。"

"你这个没有心的女人！"

她愤然地伸手指着我。

我有些恼火，身旁的鸟子担心地看着小樱。

"我跟你去怎么样？"

难得鸟子好心地提议，小樱却摇摇头。

"你就算了。"

"为什么？！"我尽量让自己的声音听起来沉稳些，试图安抚小樱，"刚才我们不是约好了吗？明天我和鸟子两个人要去找你讨论下次探险的事情，可不要失手扫射我们。"

"要是觉得害怕也可以给我打电话哦！"

"啊哈——真是的，把别人当小孩子糊弄。"

小樱吐出这句话之后转过身去，走向检票口。鸟子对着她的背影喊道："肉很好吃哦！"

"……感谢招待。"

说完，小樱敷衍地举起手示意了一下，汹涌的人潮顷刻间吞没了她的身影。

"鸟子，你还真是个大好人啊。"

我瞟了一眼身旁一脸担心地目送着小樱的鸟子说。

"真的吗？我都要害羞啦。"

鸟子得意扬扬地挺起胸膛，末了又像改了主意一样加上一句。

"但我觉得，最温柔的还是小樱。"

2

第二天的周六早上十一点，我按照约定，来到了位于石神井公园的小樱家。按下电铃，等着她来开门。

被巨型大婶三人组猛烈攻击过的玄关大门依然健在，门把手也没有松动的迹象。但木材表面和坚硬的金属部分都残留着细细的抓痕，就像被挠过一样。这到底是人的手，还是野兽的爪子留下的呢——经历的现象与痕迹的不一致让我陷入了思考，这时，从房子里传来渐近的脚步声。

来人打开门，探出脸来，是鸟子。她和我一样穿着探险用的轻便服装，迷彩短裤加薄薄的黑色长袖，垂落在肩头的金发和黑色很搭。

"我还以为传说中的那三位大婶来了呢。"

"你再多等几年，我就会变成一位大婶。"

"啊哈哈，再加上我就是两位了。"

我脱掉鞋子，走进小樱家里。以往昏暗的走廊这次少见地开着灯，角落里堆积的尘土非常醒目。

"小樱说她怕黑。"还没等我开口询问，鸟子便说道，"她好像睡前还要吃安眠药的样子，真叫人担心。"

"原来如此。"

把小樱卷进了上回的事件，我也多少有些负罪感。

如果她只是害怕的话我也不会放在心上，但造成了实质性的伤害就成问题了。

走廊尽头左边的门通往小樱的房间。右边的房里也开着灯，是餐厅厨房一体式装修，里面放着未加修饰的原色木桌和四把椅子。冰箱大得不像独居人士该有的，旁边堆满了塞着空可乐瓶的垃圾袋。

小樱的房间和我上次来时几乎没什么变化。只有一点不同，那就是霰弹枪直接明晃晃地摆在了桌子旁。意外的是，房间里没有开灯，光源只有那无数块多屏显示器。

看到蜷缩在椅子上，被书山围绕着的小樱，我好像明白了只有这个房间没开灯的原因。这里一定是对她而言非常宜居的"巢穴"，是一个狭小黑暗而充满安全感的，只属于小樱的秘密基地。

"小樱，玄关大门——"

"我知道，已经请人来换了。"

对方瞪着我，眼神里写着"别再说了"，但我佯装不知，继续说了下去。

"——那个啊，果然是貉干的好事吧。"

小樱惊讶地眨了眨眼。

"……啊？"

"意外地说得通不是吗？"

"噗。"小樱忍不住笑了出来，摇摇头，"说什么呢，白痴……行了，快进入正题吧。"小樱说着转过身来，或许是我的错觉，她的眼角带着笑意。

"你们俩要去'里世界'我不管，我可绝对不会再去了。"

"也是，我们知道。"

我和鸟子对望了一眼，点点头。

"今天过来，是为了讨论下一次探险——如月车站美军救援行动的相关事宜。"

我把沙发前矮桌上那些东西全都挪开，把带来的纸摊在桌上。

"我觉得，我们差不多需要张地图了。"

对探头盯着纸面的小樱和鸟子说的这句话听起来有点像在找借口。

纸上是我自己画的"里世界"地图。在大学里拿的 A3 复印纸，用细头签字笔草草画出的地图——尽管如此，在床头照明灯柔和的光线下，看上去仿佛故事中的魔法王国一般。这一联想让我有些不好意思。

实际上画的可不是魔法王国这种浪漫美好的地方。八尺大人游荡的变异点草原，"扭来扭去"出没的沼泽地，长满了等身大的奇妙植物，还有时空大叔在的鬼城……已知的这几个地方就已经危险重重了。

鸟子撩起头发，抬头时刚好和我四目相对，她调皮地一笑。

"就像藏宝图一样呢！"

"……果然你也这么觉得！"

听到我这么说，鸟子点点头，眼睛闪闪发光。

"你们两个的神经到底怎么长的。"

小樱恐惧地向后缩了缩，我反而探出身子，用手指向地图中间。

"这里是从神保町能去到的骨架大楼，也就是美军士兵们口中的进入点(Entry Point)。这名字太长了，我们就暂且把它叫作'门(Gate)'吧。东边打叉的地方是我一开始用过的大宫区的'门'。虽然'里世界'的地理环境和我们这边完全不一样，但还是有一些能精确对应的地标的。尤其是'门'，看起来比较稳定。大宫区那个'门'虽然已经不能用了，但在'里世界'还留有它的痕迹。"

"大宫区的那个已经失效了对吧？"鸟子问。

"嗯，所以我打了个叉。鸟子和小樱去过好几次'里世界'，应该比我更熟悉那边，所以希望你们能把自己知道的信息添上去。怎么样？"

没有回应。我抬起头，两人都目不转睛地盯着地图，不知为何露出感慨万千的表情。

"鸟子？"

"啊，嗯，抱歉。我只是想起冴月也做过这样的地图。"

"画在手账上的小小的地图……明明让她用更大的纸画的。"

"回忆往事就不必了。"我毫不犹豫地打断了她们，"对了，鸟子，要是有地图的话能不能一开始就拿出来？"

"已经没有了，被冴月带走了。"

"带去哪里……啊，你是说跟本人一起失踪了。OK。"

我不痛不痒地总结了一下，另外两个人用不满的眼神看了过来。谁管你们，我已经决定无视她们俩对冴月的感伤了。

我把签字笔递过去，鸟子和小樱犹犹豫豫地把手伸向地图，开始轮流往上面添加信息。骨架大楼的西边多了几个建筑物的标记，北面的鬼城尽头画上了一条登山的路径。西面湿地的南边有像是水路的地形。然而我所期待的爆炸性新情报并没有出现。

"只有这些？小樱也就算了，鸟子你应该去过那边十次左右了吧？"

我沮丧地问道，鸟子耸了耸肩。

"一开始是冴月带着我，一边确认周边的安全一边慢慢扩大行动范围的。冴月失踪后我一口气走了很远，之后马上就遇见了空鱼，后面的你也都知道了。"

"什么嘛，那和我没多大区别啊。"

"不如说你比我胆子还大，刚遇到时就突然处于死亡边缘。"

"那与其说是胆大……"

"小空鱼，如月车站是在这里对吗？"

小樱指着地图上西南方向画着的一个长方形。

"我不知道准确的位置，姑且把它画在边上了。"

"自那以后已经过了半个月。海军陆战队的那些人，怎么说也快要坚持不住了吧。"

鸟子表示担忧，我也点点头接着说："所以，如果要去救他们，这是最后的机会了。"

在冲绳训练途中误入"里世界"，被困在如月车站动弹不得的驻日美军海军陆战队白马营的幸存者们在遇到我们时已经折损了不少元气。全军覆没大概只是时间问题。

小樱怀疑地皱起了眉头。

"这刮的是什么风？虽然这么说不太好，但是小空鱼，你不像是会为了救非亲非故的人而冒险的类型。"

"提出要去救他们的人是我。"鸟子举起手说，"当然我也不是完全信任那些人。但被困在那种地方孤立无援，我们不能放着不管。"她的语调非常热切。

"原来如此……有了小空鱼的眼睛，就可以避开变异点，把他们引到我们去时使用的'门'那边——是这样的打算吗？"

"是的，等到了那边，应该就可以用鸟子的手回到'表世界'了。"

"确实，说不定可以做到。但对手可是军队哦，而且还是外国的。如果你们遇到的那个叫德雷克的中尉说的是真的，他们就是不对外公开的秘密部队。就算能平安无事地把他们送回冲绳，你们也很可能被卷入麻烦当中。"

"所以我们就能见死不救吗？"

"——你就是这种人啊。"

小樱面无表情地嘀咕了一句，再次把目光投向我。

"小空鱼也是好说话……"

"其实，我还有别的目的。"

"什么？"

"枪，我想要新的枪。"

"……为什么？"

"只用一把马卡洛夫手枪对抗那些怪物，不管怎么说心里还是没底。我用过步枪和霰弹枪什么的，感觉火力很强，所以想着能不能让美军士兵们把枪和弹药分一些给我们。"

"这也是你说的？"小樱盯着鸟子。

"不是啦，我手上已经有一把AK了。"

"啊，莫非小樱你还藏着其他枪？"

"不，没有了。"

"鸟子呢？"

"我之前和冴月去'里世界'时，倒是曾经把捡到的枪藏在了那边……但我不确定能不能再找到那个地方。"

"那果然只能让美军士兵分一些给我们了。"

小樱用无言以对的表情看着我，放弃了挣扎。

"……我会祈祷你们不被射杀的。"

"有我跟着，不会有事的。"

虽然鸟子的话毫无根据，但听着总让人觉得心安。

"可是，说到底你们打算怎么过去？还没找到通往如月车站的'门'吧？"

好问题。

关于这件事，我有一个想法。

3

周六的新宿，两个打扮得像要去参加野战游戏的女子和一个"家里蹲"女初中生被人潮推搡着走在街上——客观来说，我们看上去应该就是这样吧。走进午饭时间的居酒屋，坐到椅子上时，小樱脸上仍是一副不满的表情。

"没想到我竟然会为了吃个午饭特意跑到新宿来。"

"这不是挺好的嘛，偶尔出来一下。要点什么？"

"鲭鱼味噌煮。"

"我要猪肉生姜烧套餐，空鱼你呢？"

"欸？哦哦，我要炸鸡好了。"

我心不在焉地答道，一边环视着这家店。午餐时间的居酒屋几乎满座，虽然白天和晚上的气氛大不相同，但毫无疑问，和我们上次光顾的是同一家。

在不知不觉间踏入夜幕中的"里世界"的那一天，我和鸟子在这家居酒屋开了庆功宴。这里现在看上去没有任何不对劲的地方。后厨没有犬吠声，忙活着的店员的言行也都很正常。

"你们真的打算实施那个计划吗？在这里。"小樱怀疑地问道。

"是的，我不想再在晚上过去，那就只有在午餐时间试了。"

我从双肩包中拿出放在密封袋里的女式宽檐帽，这是八尺大人留下来的"异物"。我推测这顶帽子就是如月车站之行中导致我们偶然进入"里世界"的元凶。今天来到这里，是为了通过重现当时的条件，让我们有预谋地进入"里世界"。

"我说啊空鱼，如果要保持条件不变，是不是让我来戴比较好？"

"不，这次我来做。如果计划进展不顺，到时候就拜托你了。"

我凝神注视着密封袋里的物品，回答道。看上去只是一顶平平无奇的叠起来的帽子，但仔细观察会发现帽子边缘笼罩着一圈银色的磷光。

实际上，我来戴是有理由的。小樱姑且帮我们用盖革计数器测过，也做了纤维采样、化学物质检查等，结果都显示这顶帽子没有特别的异常之处。但并不能断言它不会对穿戴者的身体造成伤害。所以我希望鸟子戴一次，我戴一次，把使用次数降到最低。

"小樱。如果我们这次能去到'里世界'的话，你会买下这顶帽子吗？"

"就算真的能去，也不能肯定就是帽子的原因。可能出入口或者这家店本身就有问题。"

"如果是这样的话，客人们都会消失吧。"

"又或者，你们俩才是原因的这个可能性也不是没有。说不定一旦去过一次'里世界'，就会'成瘾'。"

她的话戳中了我的痛点。会不会是因为我和鸟子多次前往"里世界"，而变成了容易被"拉过去"的体质呢？这个想法不止一次掠过我的脑海。毕竟在遭遇时空大叔的时候，明显是由对面主动发起的接触。

"可是，如果真的是这样，小樱也跟我们差不多吧。"

"啊？"

"所以我想让你比我们先一步离开这家店，然后我和鸟子用这顶帽子再出去。如果这样一来，你就留在了'表世界'，而只有我们俩进入了'里世界'的话，这顶帽子就有很大的嫌疑。"

小樱瞪圆了眼睛。

"你是为了检验这个才把我带来的吗？！就这么把别人当成试验品——"

"不，不是啦！说到底不是你自己提出要跟我们一起来的吗？"

没错，小樱明明满口牢骚，却特意和我们一起来到了新宿。真希望她能不要再把话说得这么难听了。

小樱不满地皱起了眉头。

"那好吧，如果你们能顺利去往'里世界'，回来之后我就把那顶帽子买下来。"

我松了一口气，点点头。毕竟这可是关乎生计的大事。

最早吃完套餐的是小樱。因为她完全没碰自己那一份里面的酱菜，我便拿过来吃了。小樱拉开椅子，站了起来。

"那，我先出去了。"

"嗯，之后见。空鱼，我这边的酱菜你吃吗？"

"给我吧。"

"你那么喜欢酱菜吗？"

"我只是不喜欢剩下。"

"空鱼，你吃得真的好干净啊——"

鸟子笑眯眯地说。这句话可以直接理解成是在夸我吗？

"我会稍微绕个路去趟淀桥再回去，如果你们用了帽子没有效果就联系我。"

小樱把一千日元的纸币放在桌子上，独自出了店门。

"她的意思是想三个人一块儿回去吗？"

鸟子歪着头疑惑地说，没想到这一茬的我也有些不解。

"一个人回去会害怕？晚上倒也罢了，现在还是下午一点啊。"

"与其说是害怕，可能是身边没人的时候会感到不安吧。"

是这样的吗？明明待人的态度那么差。

"那我们也差不多该走了。鸟子，准备 OK 了吗？"

"OK。"

我打开密封袋，拿出叠起来的帽子，小心谨慎地展开——轻轻戴在了头上。鸟子用手机拍了一张。

"……你在干吗？"

"因为空鱼这副打扮很少见。"

"合适吗？"

"嗯……"

鸟子迟迟没有回答，我察觉到了什么，把帽子摘了下来。

"果然还是算了，你什么都别说。"

"啊，不是这样的，其实很适合你。嗯——"

鸟子嘴里念念有词，像是有些难以启齿，于是我凑过去看她的手机屏幕。

照片里的帽子，在某种意义上说确实很适合我。

这顶大大的白色宽檐帽本来应该与那些在高地度假吹风的千金小姐们非常合衬，但搭配上我今天的服装——黑色打底和卡其色的长袖衬衫，看上去颇有些在田里除草、照料农作物的农妇风范。

"嗯，这样也有这样的可爱哦。虽然有点像狩猎向导[1]什么的。"

"我都让你什么也别说了。"

以后绝对不会再戴了，我在心里发誓，一边把帽子随便一折塞回密封袋里。

"现在就要放回去了吗？"

"上一次你也没有戴很久，我们快赶在这家店变得不对劲之前出去吧。"

"啊，说的也是。"

要想完全重现上次的状况，或许我们应该待在店里，直到出现异常。但我无论如何都不想这样做。待在无处可逃的店里，等待周围的人精神失常，自己才会发疯呢。

我们从椅子上站起来，背上沉重的行李，紧张地在柜台结了账。直到走出店门，都没有感觉到什么特别奇怪的地方。

外面的街道也一如往常。根据之前的经验，进入"里世界"时，异常首先会体现在语言上。我们一边留意着街上行人的对话、路边商

1　在非洲等地带领游客进行狩猎的向导。

店揽客进店吃午饭的吆喝声以及招牌上的文字，一边慢慢向车站走去。

"鸟子，之前从你戴上帽子到我们发现周围的变化，隔了多长时间？"

"戴上帽子是我们刚进店没多久的事吧，我们那时喝了差不多三个小时。"

"如果跟时间有关系就麻烦了，要在人潮中来回走三个小时实在是有点儿……"

现在正是盛夏。尤其是我们今天还背着探险用的行李，更加绊手绊脚。

"……迟迟没什么变化呢。"鸟子轻声说。

"嗯……看来这次没能成功。对不起。"

我逐渐失去了自信，把视线投向柏油路面，看着擦肩而过的人们的脚说道。

"不……好像不是这样。"突然，鸟子的声音变得紧张起来。

我抬起头，不知不觉间，附近一个人也没有了。

"啊？"

我愣住了。映入眼帘的是柏油路上丛生的钢筋，它们的长度都在五十厘米左右，从这些锈蚀扭曲的钢筋上垂下了五颜六色的绳子。不知从哪儿吹来了风，绳子便随风摇动。直到刚才为止，我还把这些当成路人的脚。

街景也出现了变化。面朝马路的商店玻璃窗都被褪色的窗帘和红白相间的幕布盖住了，从里面传出了歌声，像跑调的演歌[1]。是卡拉OK吗？伴着曲子的哼唱告一段落后，响起了单调的鼓掌声。

"空鱼，快看，招牌。"

拐角处原来是一家汉堡包店，现在这家店的招牌完全看不懂了。是熟悉的语言障碍现象。玻璃内侧变得很暗，很快整家店就成了一个大水槽。地板上密密麻麻地堆满了虾子似的甲壳类动物，和人的手臂一样大小，绷直的触角蠢蠢欲动。

我们俩不约而同地把身子挨在了一起，鸟子小声询问道："这里是'里世界'……吗？"

"大概还不是，我猜是中间领域。"

"就是你之前说的，时空大叔所在的'大叔世界'吗？"

"……我后悔起这个名字了。"

我们走在完全不一样的街道上。当时是在走向车站的途中进入"里世界"的，所以这一次也向着同样的方向走。

"鸟子，在发生变化那一瞬间你发现了吗？"

"没有。刚才有个奇怪的玩偶和我们擦肩而过，一直在自言自语，不知道为什么又脏又臭的，我觉得好讨厌啊，就一直警戒着那边。等那个人走远了再看向前面时，周围已经变了。"

"刚才有个玩偶？"

---

1 演歌是日本特有的一种歌曲，可以理解成日本的经典老歌，它是综合江户时代日本民俗艺人的唱腔风格，融入日本各地民族情调的歌曲。

"有啊，我第一次见到那么奇怪的玩偶。浑身湿淋淋的，就像差点淹死在水池里一样。"

虽说我刚才一直低着头，但那种东西经过的话总该能发现吧。事到如今也没法证实了。

"和坐电梯、穿过门什么的不一样，这个方法还挺花时间的……中间领域也让人有种不祥的预感，我想早点穿过这里。"

"嗯——但是啊，我们坐神保町那部电梯时途中也看到了一些不存在的楼层对吧？那也是中间领域吧？"

"啊，对哦！"

我回忆起鸟子第一次带着自己乘坐那部电梯时的情景，恍然大悟。或许那一片漆黑的楼层也属于中间领域的一部分。

"尽管时间有长有短，但这片区域可能其实是我们前往'里世界'的必经之路。鸟子，你真聪明。"

"真的吗？我都害羞了。"

鸟子笑得没羞没臊。

"如果是这样的话，那我们是不是只要找到花费时间最短的那扇'门'就好了？不知道在不在这儿附近，我已经不想再戴那顶帽子了。"

"下次找找看？"

"也可以，有我这只眼睛说不定能找到……哦哟。"

不知不觉间，周围的景象又发生了变化。刚刚的高楼大厦变成了灰色的岩石，地面也变成了杂草丛生的土路。

从这一刻起，变化的速度加快了。脚下那两道车辙逐渐被繁茂的草丛所吞没，道路戛然而止，我们停了下来。这时，前后已经成了望不到头的无垠草原。我们来到了"里世界"。

"喔喔——成功了，不愧是空鱼。"

"嗯，太好了……可以这么说吗？"

怎么可能好，真正的噩梦才刚刚开始。

脚下的野草是深绿色的，这让我有些惊讶，还以为"里世界"的草原都是枯黄的呢。是随着季节的变化而变化吗？

我按下心头的疑问，先摘下了右眼的隐形眼镜。环顾四周，确定附近没有危险。

"OK，好像姑且是安全的。我来望风，你先做好准备。"

"交给你了。"

鸟子放下行李，麻利地开始组装包里被拆解的 AK-101。她把头发扎到脑后，戴上帽子，用战术手套换下了皮手套，重新背好包。

"OK，接下来轮到空鱼。"

鸟子端着 AK 站起来，代替我望风。我也从双肩包里取出装备穿好。像往常一样，马卡洛夫手枪放在大腿的枪套里。

"准备好了，走吧。"

我们站起身，马上出发。总觉得自己像训练有素的士兵一样，这个想法让我兴奋起来，但转念一想这并不是什么训练有素，只是害怕被上次那样的怪物袭击而加快了脚步罢了。

朝东边直走，地势逐渐变高，我推测那边可能就是铁路。我们一路躲着变异点，快步穿过随风摇曳的草丛。

这次到"里世界"，我带来了新装备——钉袋。这本来是高空作业人员和木匠绑在腰上的道具袋，我在里面放了一把螺丝钉。在白天，即使用右眼看，有时也不易分辨出变异点，所以为了保险带上了它，可以通过投掷螺丝钉来确认变异点的存在。虽然是在模仿八尺大人事件中遇到的肋户大叔的做法，但这个袋子对我而言有些重，走起路来也困难了不少。

紧急情况下比起扔螺丝钉还不如把注意力集中到右眼，真是一招坏棋。说不定想办法提高白天对变异点的辨识能力还比较有效。

领着鸟子爬上了那道堤，总算到达铁路，能喘口气了。因为视点变高了，我决定再观察一下附近。

东西两侧都是不断向远处延伸的草原。或许因为现在是白天，没有看见上次那些怪物的踪迹。东边很远的地方有好几个巨大的圆形块状物连在一起，正缓慢地移动着。但从这里难以判断那到底是生物还是其他什么东西。向北看去，铁轨消失在树林中。南边的铁轨有一段是笔直的，之后缓缓向西拐去，如月车站多半在这个方向。

"好像没有危险，我们走吧……"说着，我把视线重新投向鸟子，却发现她不知什么时候凑了过来，紧盯着我的脸，两人之间只有约三十厘米的距离。我吓了一跳。

"……空鱼，果然你还是不要戴隐形眼镜比较好。那只眼睛好漂亮。"

"欸……突、突然说什么呢。我不要，那样太引人注目了。"

"引人注目也挺好的嘛。"

"不好！如果是鸟子你这种美人或许还像那么一回事，但我这样的长着异瞳，太宅里宅气了，简直扎心。"

"那把眼睛以外的地方也打扮好看点不就行了？"

"您说得可真简单？"

这家伙被夸是美人也不否认啊……

"别说些奇怪的话了，真是的。行了，我们快走吧……哦，差点忘了，在那之前——"我再次放下包，从里面取出一条白色的毛巾，"来把这个系在步枪上，代替白旗。"

"'请不要开枪'的意思吗？白色的能看到吗？是不是用黄色或者橙色的会比较好？"

"黄色的话就看不出是白旗了吧。"

"不用纠结于这些形式吧……"

鸟子嘴上虽然嘟嘟囔囔，但还是在枪上系上毛巾扛了起来。

"不过，我也不觉得他们会突然朝我们开枪啦。只是以防万一。"

"以防万一啊。"

我们举着白旗，开始沿着铁轨步行。

4

我们趴在铁路旁，举着破了洞的白旗。

"突然朝我们开枪了……"

鸟子嘟哝了一声。

"好危险啊——差点就死了！"

被太阳炙烤的砂石十分灼热，但我不想抬头。脑子还没反应过来刚才那一瞬间发生了什么。我们正在铁路上优哉游哉地走着，只听"啾"的一声，毛巾突然飘舞起来。嗯？我心下疑惑，随后，长长的枪响传进了耳朵。鸟子一把拽着我倒在了斜坡上，我才意识到我们遭到了枪击。

正想着差不多可以看看前面了，又有子弹从头上飞过，毛巾上出现了新的弹孔。

"噫……这也有点太过分了吧？我们可是来救他们的！"

"因为对面连我们是不是人类都不能确定呢。"

鸟子翻了个身仰面躺着，望向那面在蓝天中飘扬的白旗。

"如果他们想杀了我们，现在我们俩应该已经死了。两枪都击中了白旗，好枪法。"

"意思是我们站起来也没关系？"

"这不能肯定啊，要不我来试试看？"

"您请？"

鸟子把 AK 的枪口对准地面，手指放上了扳机，于是我捂住耳朵。

一发，两发，三发。她以很短的间隔连开三枪后，隔了一会儿，又开了三枪。这次枪声之间的间隔很长，然后再一次开了短短的三枪。

枪声的回音被草原吞噬殆尽。

"……SOS？"

"摩斯密码我只知道这个，所以，要是当时跟着妈妈好好学就好了。"鸟子有些难为情地说，"虽然我们并不是要求救，但至少要让他们知道我们是能说话沟通的……但愿如此。"

她再次举起 AK，破洞的白旗迎风飘扬。这次没有子弹飞来，我们对望了一眼，终于站起身。

我们回到铁路上，再次开始前进。因为鸟子仍然举着枪，我也把双手举了起来。走着走着，手臂逐渐感到酸痛，正当我对自己主动做出投降手势开始感到后悔时，前面的铁轨突然中断了。

走近一看，铁轨连带着土堤整段都塌陷了。从崩塌的地方向下望去，只见一辆烧得焦黑的电车躺在散落变形的铁轨和枕木之间。

我抬起头，被切断的堤坝对面站着好几个海军陆战队的士兵，枪口对准了我们。正中间那个人的脸我还记得，有着令人印象深刻的卷发和慵懒眼神的年轻男子——威尔·德雷克中尉。他的脸色比我们上次见到时更憔悴了，脸上浮现出可以说是难以置信的神情。

"啊，您好。"

四目相对时，我不禁低下了头。糟糕……就连自己都觉得是不是该用更加酷炫的方式登场比较好。刚才的打招呼方式简直就像偶遇公寓隔壁的邻居一样毫无干劲。

"两位是……那时候的？"

"抱歉让你们久等了，我们来帮你们了。"鸟子替我说道。

我们绕过电车的残骸与海军陆战队汇合，在一群面容憔悴、蓬头垢面的士兵包围下走向如月车站。

"你们活下来了，我还以为你们俩都被电车轧死了。"

"千钧一发之际逃了出来，在那之后你们怎么样了？"

"因为两位打败了那个怪物的缘故，我们的士气振奋了不少。但物资不足的问题还是没办法解决，在探索回到进入点的方法时，又有十二人牺牲了。"

"那真是……"

该说什么好呢？我们为他们做到了些什么？是不是早点来就好了？但这些家伙之前可是想杀了我们啊。准确地说，是格雷格上士想杀了我们。

"那个，希望您能在其他人见到我们之前告诉他们，我的眼睛虽然是这样的，但我不是怪物。鸟子也一样。"

"明白了。"

中尉爽快地点点头，这反而令我感到困惑。

"欸，您能接受这种说法吗？"

"自从来到了这里，就没有什么是我能理解和接受的……但我们那些精神失常的战友们更加凶暴，行动也更加危险，更加莫名其妙。和你们两位不同。而且，你们还射杀了那个怪物……"

"格雷格上士应该不这么想吧？"

"不……他已经……"

中尉含糊其辞地说，一股不祥的预感向我袭来。

"发生了什么？"

"当时，格雷格以为你们在自己眼前被'人肉列车（Meat Train）'碾死了，因此失去了理智。他擅自开始了攻击，用炸药把铁轨炸飞并成功破坏了一辆列车，但在和车厢里出现的'拷问猿（Monkey Shines）'战斗时不幸丧命……"

我和鸟子面面相觑。

"抱歉，二位不必介怀。那时的他已经濒临崩溃边缘了。因为格雷格比任何人都害怕自己被'Other Side'所吞噬，失去自我，战死对他而言可以说是件好事吧。"

……就算你这么说。

"在那之前，电车已经掳走了我们的好几名同伴。我们能看见他们被囚禁在电车里，所以一直以来都在犹豫，不敢攻击，而上士越过了这条红线。或许我们早就应该做出行动的……"

中尉十分懊悔。走在他身侧的我则对另一件事耿耿于怀。关于上士能够破坏"里世界"存在这件事，该如何解释呢？

我的眼睛大概能对认知的层面进行"调频"，从而使子弹得以击中"里世界"的怪物。那么上士所用的炸药之所以能对电车产生效果，是不是因为他让自己的认知与电车所在的"层"同调了？

精神世界失去了平衡就会变成这样吗？也就是说……陷入疯狂的人类，会逐步接近"里世界"的存在？

在我思考时，以我们和中尉为中心排成的队伍到达了如月车站。白天，这里看上去与乡下的废旧车站并无二致。或许是因为到了夏季，铁轨两旁的草长得很高。听不到蝉声鸟鸣，这一点与"表世界"不同。

"那，电车已经不会来了吧。"鸟子说。

"不，仍然会来。"中尉用平淡的语气回答。

穿过检票口，走进营地，我们便被士兵们惊讶的声音包围了。

"是当时那两个人""她们竟然没死吗""那只眼睛到底是怎么回事"——他们用英语说着诸如此类的话，远远地围成一圈注视着我们。在白天的光线下看去，这些人脸颊消瘦、眼窝凹陷，明显十分疲惫。

中尉无视他们的询问，把我们带到其中一个帐篷边上。

"少校，我进来了。"

走进帐篷，身材高大的雷·瓦尔库尔少校唰地站起身来。那双浅色的眼睛充满防备地盯着我们。

"你们是——"

"'The Girls'来帮助我们了，少校。"

中尉说道，他的声音里透着一股莫名的自豪。似乎不知从什么时候起，他们开始用这个代号来称呼我们了。

5

当然，对于我们俩是来帮助海军陆战队脱困的这件事，少校仍抱有怀疑。但当我表示自己能看见变异点——也就是他们口中的"捕兽夹"（Bear Trap）的那一刻，他变了脸色。

"这是真的吗？如此一来，局势就会发生翻天覆地的变化。"

"我们能逃出去了，少校。"

中尉用热切的语气说道。在铁路汇合时，我已经向他演示了自己的能力。少校看上去还能保持冷静，他扶着桌子一屁股坐了下来。

桌子上放着他们牺牲同伴探索出来的营地周边地图。上面精心画了格子，描绘着在草原中蜿蜒穿行的铁路、车站和防线。

据推测，进入点——他们在训练过程中误入"里世界"时使用的"门"应该在离这里大概五公里左右的森林中。短短的五公里，却被看不见的雷区所环绕，也是长得令人绝望的五公里。

少校陷入了思考，他沉默了一会儿，突然用锐利的眼神抬头看向我和鸟子。

"你们带来了一个很好的消息。如果这是真的，那你们就是最可靠的骑兵队了。只是，我有一个问题，为什么上次没有告诉我们这件事呢？"

"啊……那是因为……"

会产生这样的疑问也是理所当然的，尤其是对肩负数十名部下性命的长官而言。正当我不知该作何回答时，鸟子从旁生硬地插了一句。

"那会儿大家都处于神经过敏的状态，如果说错话会被当场射杀吧。"

"是谁这么——"

话刚说出口，少校和中尉对视了一眼。

"——嗯，或许真的有这种风险。"少校长长地叹了口气，闭上眼睛，"的确，正如你们所言。抱歉，如果你们是为了救我们而特地回到这个地狱，真是无以言谢。"

"没关系。相对地，请答应我们一个请求。"

少校正式的道谢让我浑身不舒坦，我不由得插嘴说道。

"虽然我们的能力十分有限，还请不要客气。"

"真的吗？那，能给我们枪吗？"

"枪？"

"啊，子弹也要。把多出来的给我们就好了。"

少校和中尉的脸上出现了一丝狐疑。正当我有些着急地探出身子说话时，鸟子拉住了我的衣袖。

"空鱼，空鱼。"

"欸，怎么了？"

"你可以更委婉一点……我来跟他们说吧。"

鸟子走上前去，用英语和他们交谈了起来。很快，少校和中尉的脸上浮现出理解的神色。"Sure, sure, of course you need guns here. But no grenade. Only small arms. OK？（当然，当然，你们当然需要这儿的枪。但没有手榴弹，只能给你们轻武器，可以吗？）""No problem. Thank you so much.（没问题，非常感谢。）"只用了一会儿，话就谈妥了。

"他们答应了。"

"你说了什么？"

"就说我们手头的武器不够，有点担心，在实施逃脱计划期间想跟他们借些。"

这不是一样吗？明明我刚刚正准备详细说明的。

正在我不服气时，少校对中尉说道："出去侦查的士兵呢？"

"没有，幸存者全都在营地里。"

"好，我们趁天还亮着开始行动。做好撤退准备。派几个人过来我这边，你带她们去'狗窝（Dog House）'之后就去监督拔营工作。"

"Yes, Sir."

中尉啪地抬手敬了个礼，然后转向我们。

"请随我来，我先带你们去武器库。"

我们跟着他出了帐篷，鸟子朝我抱怨起来。

"空鱼，你说话太直白了。"

"英语不都是从结论开始说起的嘛。"

"你说的又不是英语。"

我和表情微妙的鸟子肩并着肩，向中尉身后追去。

"要是有适合两位体格的枪就好了。"站在用作武器库的帐篷里，中尉如是说。

确实，架子上陈列着的枪多数颇为巨大，这么多枪摆在眼前，让我陷入了迷茫。

"我这边只要子弹就可以了。"鸟子走近堆放着弹药的架子，"这个，可以给我吗？"

"这是 5.56mmNATO 口径哦？您的枪是 AK 吧？"

"这是 AK-101。因为口径小，一开始我还以为是 5.45mm 的呢。又因为是黑色的，我此前一直觉得是把奇怪的 AK。"

我对身后咒语一样的神秘对话充耳不闻，在武器架前挑选着。手枪我有马卡洛夫了所以不需要。霰弹枪有点吸引人，里面有几把和小樱拿着的雷明顿 M870 长得很像。

正当我注视着这个经常在电影中见到的整齐排列着步枪的架子时，说完话的鸟子和中尉走了过来。

"这是 M4 卡宾枪，是我们惯用的枪。"

"对我来说是不是有点大了……之前我在这里用过的枪是哪

一种？”

“您是指 M14 吗？”

中尉递过来一把枪身很长的步枪。就是此前在如月车站，鸟子扶着我射击时用的枪。如今再试着拿起它……果然很重。带着它前进估计够呛。

“有没有比这个更轻一点的？”

“抱歉，狙击枪的种类比较少。”

“空鱼，你喜欢步枪吗？”鸟子饶有兴趣地问。

“很适合我这只眼睛不是吗。”

就像射杀如月车站那头怪物时一样，如果能透过瞄准镜使用右眼的能力进行狙击就十分方便了，我想。

“当然，我不觉得自己做得到那么专业，只能照葫芦画瓢罢了。”

“如果是想拉开一段距离的话，这把枪怎么样？”

中尉从架子上抽出的是一把形状与 M4 卡宾枪非常相似，但枪身更短，形状紧凑的步枪。

“这是 M4 CQBR。请拿一下试试，比 M14 轻了不少吧？这是一把用 M4 的枪管截短制成的枪，常用于室内作战，但我觉得从空鱼女士您所考虑的使用方法来看，反而很好用。您不是要用它来与人类交火，对吧？”

“是的，方便用来和怪物战斗的话就选这把吧。我只是想在它们接近前能进行射击。”

突然话多起来的中尉让我感到有些困惑，但我仍然回答了他的问题。中尉重重地点点头，接着说："明白了。当然这把枪的集弹能力[1]（Grouping）与狙击枪不可同日而语，只能用瞄准镜来弥补了。要装上其他配件吗？"

他说这话时的感觉就像餐厅服务员在询问："请问用餐时要搭配土豆吗？"

"呃——我不是很懂，就交给你了……"

"那么这种感觉如何？ ACOG 四倍瞄准镜、皮轨、垂直握把加MAGPUL 的 CTR 托……"

"哇！等……呃——"

中尉接二连三地取出配件递到我手上，动作轻松得宛如从超市橱窗里拿食材一般。

"红点瞄准镜和 Sure Fire 枪灯什么的要不要装上呢……会让枪变重，反而碍手碍脚也说不定。还是算了，尽量轻便为好对吧？"

"啊，是的。"

"这个，鸟子女士会组装吗？"

"呃，大概能行。"鸟子也有些惊讶地回答。

"太好了。二位没有其他需要了吧？那，请跟我来。"

中尉出了武器库，快步走向下一个目的地。我们怀里抱着新枪和

---

1 缩小子弹散布的能力。

各种各样的配件小跑着跟在他后面。

"那个，我们就这么不客气地收下真的好吗？"

"嗯，反正放在这里的东西基本上也都带不走。"

营地里的气氛变得十分紧张。我们与奔跑着的士兵队伍擦肩而过，走向停放在营地边缘的好几辆车。有吉普车一样的大型车、带货箱的大卡车、顶盖上支棱出机关枪枪杆的装甲车。还有部分车辆已经卸了轮胎，正被拆解开来。

其中有两辆车外观奇特，尤其引人注目。

这两辆车的车体粗犷而棱角分明，上面载着一些短粗的八角形柱状物。车上有许多观察窗，看上去像个披着盔甲的观景台。有好几名士兵正在车体上进行焊接作业，接着传来尖锐的响声，火花四溅。

这是什么？我把视线投向鸟子，对方摇摇头表示不解。在焊接的噪声中，中尉开了口。

"以色列军中有一款名叫纳格玛乔恩（Nagmachon）的重型装甲步兵战车，是专门为进入巴勒斯坦自治区进行对人战斗而生产的车辆。它的特征在于拆除了炮台，取而代之的是被称作'狗窝'的全包围战斗室。从观察窗向外看去，枪座能 360 度旋转，是专门为了杀人而改造的刺猬型装甲战车。"

世上竟然有这么冷血残酷的兵器。我向后缩了缩，中尉没有察觉，继续着他的说明。

"把防地雷反伏击车（MRAP）带到'Other Side'虽然是件好事，

但这里的威胁并不是爆炸物或手持反坦克武器的恐怖分子。从路上存在着危险这一点来看，可以说'捕兽夹'类似于IED（简易爆炸装置）……我们现在身处的状况和在巴勒斯坦执行侦察任务的以色列军队很像，所以我们自制了自己的纳格玛乔恩战车和'狗窝'。"

他的语气听起来像在炫耀自己的玩具。

"这辆车头配备有大型机械臂的车叫作'戈尔贡（Gorgon）'，是在Buffalo（水牛）防地雷反伏击车的基础上改装的。后面的装甲校车叫作'枭熊（Owlbear）'，原型是RG-33L轮式装甲车。这些装甲车都装了用OGPK（主动炮手保护装置）改装的'狗窝'，能全方位进行攻击。虽然知道一旦踩到'捕兽夹'就完蛋了，但我们还是抱着最后一丝希望做了这些车辆。有你们在就能充分利用它们了，真是太好了。"

"真……真厉害。"

我勉强挤出一句。由于没有练习过如何在男性夸夸其谈时给予适当的回应，这种时候我不知道要说些什么。

"真厉害呢。"

鸟子也只说了这句话。尽管如此，中尉的脸上还是浮现出了高兴的笑容，充满自豪地抬头看向身后有着装甲和枪座的怪物。

"请在这里稍等一会儿，马上全员就要集合了。"

士兵们结束了焊接，从车上下来。中尉利落地下了指示，留下两个人在我们近旁放哨，其他人小跑离去。

"……你觉不觉得再多夸几句会比较好？"

"他看起来挺满意的，就这样吧。空鱼，把你那些借我一下。"

"哪个？"

"全部。"

我把怀里的枪和部件递过去，鸟子当场坐下，开始拆枪。我靠在"戈尔贡"庞大的轮胎上，漫不经心地望着士兵们忙乱地进行撤退准备。这些帐篷该怎么办呢？这么想着，却见他们并没有要收起来的样子。正如中尉所言，大部分备用物资似乎都会被留在这里。

嗯……那我们之后再来回收这些东西不就好了？

两名士兵正往营地里铺设一些有着红黑条纹的电缆，我看着他们，思考着攫取装备的方法，这时鸟子发出了感叹。

"中尉似乎把所有的轻型部件都搜罗过来了，装上去之后说不定比裸枪还要轻。"

鸟子脱去了战术手套，正灵巧地把枪拆开，置换部件。她那像幽灵般透明的左手指尖抚摸着枪身，仿佛在弹奏乐器一般。我的视线不由得被吸引了过去。

"……你的手真巧啊，鸟子。"

"枪的拆解，真做起来其实比你想的要简单哦。"

"这个也是你的父母教的吗？听说他们是加拿大人。"

"嗯，对。我说过吗？"

"抱歉，我问了小樱。"

“哦哦，妈妈她以前在加拿大的军队服役。”

“原来如此。”

我本以为身为军人的是她的父亲，这让我有些惊讶。说起来在用枪声发送摩斯电码时，鸟子好像也提到了妈妈。

“好，完成了。你拿拿看。”

鸟子递给我的枪看上去刺棱棱的，却轻得惊人。黑色的枪身与大地色的自定义配件相映衬，竟然有些时髦……大概?

“噢，确实感觉很轻。”

“对吧。你先用着，如果觉得有什么不足再自己改造就行。”

“也……也不知道能不能用得那么熟练就是了。”

“你先站在那里，用两只手拿着枪。”

我依言站在“戈尔贡”前，鸟子在离我十步左右的地方像拍照一样用手比了个取景框。

“嗯，很适合你。”

“我该高兴吗?”

“你就老实挨夸吧。”

“好吧，也行。我该怎么端它?”

“我教你，过来这边。”

鸟子拉着我的手，把我带到“戈尔贡”和“枭熊”的后面，两名哨兵用惊讶的目光追随着她。

“基本姿势就是像这样把枪托抵在肩膀上，看向瞄准镜。左手握着皮轨或者握把都可以，也有人握着弹匣卡榫的前面。"

"这样吗？是这样吧。"

见我因为用不惯步枪而伤脑筋，鸟子从背后伸手环住我，帮忙调整姿势。

"手肘不要张得那么开，姿势更紧凑一点。"

鸟子一边向内压着我的手肘，一边把双手放在枪上，就像紧紧抱着我一样。她的侧脸离得非常近，脸颊都快要碰上了。她的视线投向远处，但不知为何却比四目相对时更加让人心旌摇荡。我强行把意识从鸟子纤长的金色睫毛上移开，先集中到枪口。

"就像要藏身于枪中一样。想着双臂是固定在枪上的，这样动起来的时候，枪也会随着身体利落地动作。"

鸟子指导我的语气非常严肃，和平时不太一样。教她用枪的那个人——鸟子的妈妈说不定就是这样的感觉。

"步枪比手枪更长，所以要时时注意枪口的朝向。不射击的时候绝对不要把手指放在扳机上。OK？"

"O……OK。"

"Good！"

把如何卸弹匣、开关保险和射击方式大致学了一遍之后，我和鸟子转身回到刚才的地方。

绕到"戈尔贡"前面，几十名装备齐全的海军陆战队队员排成一列注视着我们。少校和中尉站在前头，少校正用英语对部下们说着什么。

他看向我们，介绍似的张开手。"The Girls"将为我们带路，逃出"Other Side"——听起来好像是这个意思。

双颊凹陷的海军陆战队队员们闪闪发光的视线贯穿了我，让我无法动弹。或许说句"啊，大家好"什么的会比较好，但这些人此时正处于绝望的悬崖边上，我不能用嬉皮笑脸的态度来回应他们殊死的决心。

少校向中尉点点头，往后退了一步。中尉走上前去，提高声音号令："Ok guys, get on the vehicle, moving！"

"整装待发，随时战斗！"队员们齐声喊道，同时开始了动作。

"戈尔贡"和"枭熊"的柴油发动机轰鸣着转了起来，其他能动的车辆也有士兵乘了上去。因为坐不下所有人，其余的士兵在周围保持着一定的距离分散开，将枪口对准前后左右摆出了警戒的姿态。

我和鸟子紧挨着，少校来到了我们跟前。

"这次用上了储备的所有燃料。你们就是最后的希望了，把我们带回家吧。"

我被他的气势所压制，什么都说不出来，默默点了点头。

中尉折回来向我们招手。

"请和我们一道坐进领头的车里，拜托你们带路了。"

他把我们拉上车，坐进"戈尔贡"里。这辆装甲车非常高，我们从车体后部进去，又顺着短短的梯子爬上了加装的战斗室。打开天花板的舱口盖向外探出身子，能看得很远，仿佛从两层高的房顶上俯视一般。就在我们旁边，固定着一只用于排雷的机械臂，像巨人用的折叠叉子。

鸟子跟在我后面也爬了上来，和我并排坐在炮塔上。引擎的声音变大了，车辆接二连三地慢慢开始移动。领头的是我、鸟子和中尉所乘坐的"戈尔贡"，队伍末尾是"枭熊"，中间夹着三辆车。车队一点点前进着，出了位于如月车站的营地。现在是下午三点半，离太阳下山没有多少时间了。

6

为了看清楚夏日草原上飘荡的银色磷光，我坐在"戈尔贡"上面凝神观察。周围布满了密密麻麻的变异点，看不见的话是没办法避开的吧？变异点密度较大的地方就像墙壁一样阻挡了去路，只能找些让车辆和军队能塞进去的空隙迂回前进。

指示前进方向比想象中更麻烦。右、左、直走、稍微向右转、停下、左边一点点、后退五米、右转三十度……起初我们做了各种尝试，但还是难以凭语言来进行细微的操控。

混乱中我们度过了最初的十五分钟，这时离出发点营地的距离还不足百米。这样不行……从车内和后面的车队传来了无言的压力，让我汗流浃背。该怎么做呢？我陷入了沉思。

"空鱼，你还好吗？"鸟子把脸凑过来小声问。

"没事……中尉，您有长棍吗？从这里能伸到驾驶座窗户的那种。"

"我找找看。"

过了一会儿，从底下送上来一根伸缩式的长金属棒，顶端分叉，T 字形的两端呈圆形，像是用来挂什么东西的。

"这是什么？"

"挂点滴袋的架子。"

把它伸到极限，顶端勉强能碰到驾驶座的窗玻璃。

"请按照这个指示的方向慢慢前进。需要停下时我会敲两次窗户，其他时候保持匀速前进就好。"

我把金属棒架在排雷机械臂的缝隙中，这样就不用一直举着了。朝近处的变异点扔出螺丝钉，它们便会融化、发光，或是发出奇怪的声音，每次都会引发士兵们的一阵骚乱。本以为把钉袋和螺丝钉带过来是白费力气，能这样提醒别人注意危险倒也方便。

顺利地开始行进没多久，背后突然光芒大作。

我转过头，映入眼帘的是营地大爆炸的光景。

轰隆声和气浪扑面而来，让我身体一震。鸟子和我两人呆呆地望着火球翻腾起旋涡般的黑烟，然后吃惊地把头伸进车里。

"中尉？！你们的营地！"

"怎么了？啊，那个啊。二位刚才没有听见吗？没事的，这是我们特意进行的爆破。"

对方冷静的反应让我感到讶异。

"为……为什么？！"

"因为那里留下了太多我们的痕迹，这样一来那座不祥的February Station 也成了一堆瓦砾了。"

"原……原来如此。"

这样一来，私吞营地剩余物资的小算盘也就落空了。我惊魂未定地回到瞭望岗位上。

"怎么了，空鱼？专心一点啦。"

"我知道……唉——"

我不由得发出了失望的叹息。

"……你刚才在打什么坏主意吗？"

鸟子怀疑地说，我撇开了视线。

队伍在这片死之草原上前进着。我用金属棒在前头作出指示，柴油发动机驱使的巨兽们便乖乖地改变方向。总觉得有点在马鼻子前面挂胡萝卜诱惑它的意思。

大概过了一个半小时左右，变异点的数量慢慢减少，不用再特意指示车队进行细微的方向调整了。周围开始出现低矮的灌木。越过覆盖着深绿色苔藓的山丘，开阔的坡地下方能看见昏暗的森林。

"中尉，请过来一下。"

我向车内喊道。于是中尉爬上梯子，把头探出舱门。

"怎么了？"

"那片森林，就是你们进入'里世界'的地点，对吧？"

中尉把目光投向地图，思考了一会儿后抬起头。

"恐怕是的。当时是晚上，我们也没能完全掌握状况，但从与营地的距离和方向来看，很有可能就是这里。"

"如果是这样，那我们快到了。"

鸟子说。我点点头，中尉看向森林，表情越发紧张起来。

说话间，队伍已经进入了山谷。前进的路上没有变异点。就这么直走下去，马上要进入树丛了。

我感到眼睛十分疲劳，揉揉酸痛的后颈，突然从队伍后方传来一阵骚动。

中尉向部下询问过情况后，皱起了眉头。

"怎么了？"

"他们说有人来了。"

留下这句话，中尉迅速顺着梯子爬了下去。

有人……

我回过头，士兵们都伸长了脖子，注意力被身后吸引了。我们刚好在顺着平缓的斜坡向下移动，斜坡的山脊上出现了站着的人影。

车内，中尉正用英语匆忙地与部下进行着交谈，这么快的语速下我几乎听不懂说话的内容。他们没有用无线电装置，好像能听见后排传令兵的报告。

"鸟子，你知道他们在说什么吗？"

"听到有人说'别丢下我，带我一起走……'？"竖起耳朵的鸟子惊讶地低声道。

"意思是还有幸存者？"

我用金属棒敲击前挡风玻璃让车辆停下，透过M4的瞄准镜观察。因为瞄准镜很短，把枪托放在肩上更方便看。

右眼视野中的光景放大了四倍，映出的的确是人类。和其他海军陆战队队员是一样的打扮，身穿褪色的迷彩服和防弹衣，戴着头盔，挎着的枪和我的很相似。他正朝这边用力挥手。只是，看不见脸。或许是光线原因，头盔下非常黑——

我把注意力集中到右眼，他的样子完全变了。虽然还能勉强看出是穿着迷彩服的男人，但身体表面变得破烂不堪，就像落满枯叶的地面隆起形成的。最重要的是，这个人没有手臂。他肩膀的断面覆盖着青苔似的物质，脸也不例外，看不见面部表情。从他大张的嘴里，有苔藓扑簌簌地掉出来。

"呜呕……"

我直打冷战。这时从那东西身后，山脊上又冒出了新的"士兵"。一个、又一个。苔人的数量不断增加，少了一只脚的、没了半个头的、身体肿胀的……

"中尉——不是幸存者！是敌人！"

听见我的警告，中尉在车内叫道："Contact（接敌）！ Open

fire（开火）！"

似乎听到了中尉的喊声，苔人们开始向我们奔来。"Fire！""Open fire！"命令迅速在队伍中传开，队伍末尾的"枭熊"开始了射击。炮塔旋转，伸出的枪口齐齐喷出了火舌。

接着，分散在车队周围的士兵们也开始了射击。子弹击中时，苔藓便碎成不规则的几何形状飞散开来。挨上数枪后，终于，苔人身上掉下许多红色和绿色的碎片，翻了个跟斗摔落在地。

"你们俩快进车里，很危险。"

中尉焦急地喊道，我对他摇了摇头。

"不行，我不在这里看着子弹是打不中的。"

"但是……"

"中尉，别在意，开枪！这边没事的！"

鸟子把头伸进车里叫了一声，关上脚下的舱门，把手放在我肩上。

"有我在你身边。"

"嗯。"

我微微点头，从炮塔上站了起来。这样能稍微扩大视线范围。鸟子保持着跪坐的姿势，端起了AK。从我们脚下的战斗室里伸出了枪口，"戈尔贡"也开始了射击。我想着自己是不是也该加入，但还是放弃了。视野范围缩小很危险，毕竟我是整支队伍的救命稻草。

"鸟子，如果敌人从侧面进攻的话能不能喊我一下？"

"明白了，交给我吧。"

后方山脊的每一个角落都出现了苔人，他们全速从坡上冲下，马上被我的右眼和子弹捕捉，相继倒地。毫不间断的枪声吵得我的耳朵都要聋了。

为了避免敌人乘虚而入，我像探照灯一样左右转着脑袋，拼命想把敌人纳入自己的视野中，但敌人接连不断地涌现，我们逐渐被包围了。

"空鱼，待在这里不是很危险吗？"

"很危险，必须移动。"

"要移动了！通知后面的人！"

鸟子打开舱门，冲着战斗室里正向外射击的士兵们叫道。

我用金属棒敲敲前挡风玻璃的正面方向，"戈尔贡"的排气管发出轰鸣，再次开始前进。我一边注意着从后方逼来的大群敌人，一边抽空确认前方的安全。太忙了吧？！

下坡的"戈尔贡"速度不断加快，轧着杂草飞驰。鸟子和我紧抓着炮塔边缘以免被剧烈震动的车体甩下去。

到了目的地跟前，只见森林被一排高约两米的金属栅栏围了起来。栅栏上还缠着生锈的铁丝网和许多红绳。没有标志着变异点存在的磷光。"戈尔贡"一头撞了上去，车头配置的折叠机械臂轻轻松松地折断了栅栏。被撕裂的铁丝网吱呀作响，在咫尺之遥不断颤动。

"头顶危险！"

鸟子一把拉过我，堪堪躲开了扫过炮塔的粗壮树枝。我们俩失去平衡，从舱门跌进了战斗室。里面有三名正向外射击的士兵，我们依次被他们厚厚的肩膀、背部、臀部和脚反弹，最后滚落在车内的地板上。

"好……疼啊。"

"没、没事吧，空鱼？"

"差不多吧……"

我缩成一团挣扎着，好不容易站了起来。

"'The Girls'，就这么前进没错吧？！"

从驾驶座传来了喊声，我前往挡风玻璃处进行观察。昏暗的森林里看不到银色的磷光，安全得让人感到诡异。

"没事，请就这么慢慢前进。"

嘱咐过司机后，我转过身，快步回到车里。

车体后部的平台上，鸟子和中尉把枪对准了后方。在一边射击一边撤退的士兵和车辆对面，有大量的苔人正穷追不舍。因为我的视线中断，现在仍没能甩掉它们。就在我走上平台，视线变得开阔的瞬间，被击中的苔人们纷纷从右向左倒下。

有效果了？还是说被别人干掉了？是谁？我按下脑子里潮水般涌出的疑惑。别去想！现在不是细数牺牲人数的时候。

中尉把枪架在平台的栏杆上，一枪又一枪，平静地射击着。他的枪和我一样是 M4，但枪身很长，瞄准镜也更大。每次开枪，遥远的地方便有苔人的头炸开，翻着跟头仰面倒下。

"……好枪法。"鸟子看向中尉，轻声嘀咕道。

跟着"戈尔贡"，后面的车也进入了森林。敌方的攻势停止了，斜坡上四下散落着苔人的残骸，密密麻麻的人影站在山脊上俯视着我们。其中有一个特别大的人影。它的轮廓像是长着复杂分叉枝角的人，旁边摇摇晃晃地跟着有细长四肢的无头长颈鹿怪物。

是它！第一次踏入夜晚的"里世界"时，出现在我和鸟子面前的怪物。据说旁边那只四脚兽是海军陆战队带来的机器人误踏变异点后变成的生物。

中尉把枪口抬高，开了一枪。枝角间的头部精准地炸开了。

太棒了！我正这么想着，眨眼间怪物的头便如同影像倒放一般恢复如初。

"'角男（Horned Man）'是'Other Side'的猎人，在过去的一个半月里，执着地狩猎着我们。"

中尉的声音里透出了难以抑制的怒气，但我由于太过震惊，以至于未能理会他。

明明我在看着，却打不倒它！明明我确确实实地用这只右眼捕捉到了！

子弹的确命中了，一时间起了效果。之后，"角男"再生了。看来在"里世界"，也有一些生物是只用子弹打不倒的。

"……没追过来吧？"

鸟子放下了 AK。

敌人没有再靠近。随着队伍进入森林深处，"角男"和那群苔人从我们的视线中消失了。

我还没从震惊中缓过来，驾驶室便传来了喊声。

"'The Girls'，给我指示！"

"是、是！"

我回过神，和鸟子一起奔到了炮塔下。正当我把手放在梯子上想爬上去时，却被战斗室里的士兵们阻止了。他们用掌心对着我，做出"不要过来"的手势。

"他们说车顶离树枝太近了，很危险。"

鸟子为我翻译道。确实，刚才还差点儿被扫下去呢。

驾驶座的视野不太好。虽然暂时还没看见前面有变异点，但如果树上或是左右的死角里有什么东西，等我发现就太晚了。我思考了一下说道："鸟子，我要稍微出去外面一下，能跟我一起吗？"

"当然。"鸟子毫不犹豫地点头。

我们又回到车体后部的平台上，有很多人在走动。中尉正在听取传令兵的报告，听到我们要出去，他瞪圆了眼睛。

"很危险……不用我说你们也清楚。"

"我们两个人一起去，没问题的。待在车里视野不够开阔，反而危险。"

留下这句话，我和鸟子从缓慢前进的"戈尔贡"的平台上顺着梯子跳到地面。后排徒步的士兵用惊讶的目光看着我们。

我和鸟子快步从装甲车旁跑过，来到前面。我们走在了这支由数十名士兵和五辆军用车组成的队伍前头。

明明太阳还没下山，森林里却已经变暗了。橙红色的阳光透过树叶勉强照亮了周围，但随着队伍的前进，这道光也逐渐变得微弱。"戈尔贡"打开了车头灯，在前方投下我们俩长长的影子。

从背后传来了脚步声，我回头一看，四名士兵追了上来。他们对我们点点头，跟在后面五米左右的地方，一边警戒着周围一边开始前进。看来我们已经获得了相当的信赖，甚至还有护卫。

其中一个人从腰包里摸出一个小包，扔了过来。

鸟子接住了那个小包，里面放着两块曲奇和夹着彩色的糖衣巧克力。从朴素的包装来看，他们估计是把军用食品分给了我们。

作为回礼，我从包裹中拿出了带的干粮——一口大小的盐羊羹递给了他。收下的士兵第一次露出了笑容。

鸟子和我各拿了一块曲奇咬了一口，面面相觑。饼干浸润了油脂，又黏又甜。直截了当地说，很难吃。看向身后，只见士兵们打开盐羊羹的包装，对着里面的黑色方块露出了"什么玩意儿"的表情。

"要是带点更像样的食物来就好了！"鸟子把脸凑过来小声说道。

"啊——也是，比如做个便当什么的。"

我只是开个玩笑，鸟子的脸上却洋溢起光辉。

"好主意！下次就做吧！"

"……欸，你是认真的吗？"

正当我反问她的时候，车头灯灯光前方出现了系在树木枝干间几近朽坏的绳子。

走近一看，前面是一片没有树木的开阔地。鸟子从包里拿出自己的手电，照向绳子前方。是一个六角形的广场，由绳子系着六棵粗壮的树木围成。广场中央孤零零地放着一个赛钱箱[1]一般大小的箱子，发出银色的磷光。用右眼看去，放着赛钱箱的地方有一个东西的重影。

"是变异点——说不定是'门'。"

听了我的话，鸟子向后举起手，示意他们停下。车队停下了，中尉从"戈尔贡"上下来，快步跑向我们。他和四名士兵一道看向我们身后。

"进入点，是不是就在这里？"

我问道，中尉陷入了沉思。

"是的……或许。的确，这幅光景，我好像有印象——"

他的口气非常模棱两可。

"这么特殊的地方，见过的话总不能忘了吧？"

"是的。但总觉得，记忆有些模糊。"

低着头的中尉皱起了眉，额头上浮出的汗汇聚成水珠滚落下来。

"逐渐……回想起来了。没错，我们确实来过这个地方……明明

1　赛钱箱是放在神社、寺院堂前的盒子，用于收受香资。

刚才还在山里，回过神来就到了这儿……然后……"

他唰地抬起头，眼睛睁大了。

"……看到了什么，非常恐怖的东西。"

那四名士兵也露出了一样的表情，我悚然一惊。那是通过语言重温了记忆深处的恐怖一般，害怕而呆滞的神情。他们就像深夜里从噩梦中醒来的小孩一样，呆呆地站在原地。

我和鸟子对视了一眼，怕成这样不太寻常。

"请留在原地，我们去看看。"

我说道，中尉慢吞吞地点了点头。

鸟子和我把绳子抬起来，钻进了这个广场。

脚边传来沙沙声，我低头一看，发现自己踩到了纸。系在神社的注连绳[1]上那种锯齿状的纸……叫什么来着……是纸垂。

也就是说，那些破破烂烂的绳子，是注连绳？

我走近广场中央的赛钱箱。箱子是木制的，四个角用金属进行了加固。金属锈迹斑斑，似乎长期被风雨侵蚀。箱顶呈网格状，但下面垫着板子，看不到里面的东西。侧面用粉笔画着几个家纹似的图案。我绕到后面，发现木板被拆开了，能看见里面有四个倒下的细壶，布满了液体溢出的痕迹。那里过去似乎放着什么极小的棒状物，在已经干透的水迹间，有三个 V 字形的空白。

----

[1] 秸秆编成的绳索，日本神道中常用它来为神圣的场所划定界限，新年时人们也会在门口挂上注连绳驱邪。

这，难道是……

一个名字从我的网络怪谈知识库中浮现出来。就在这时，鸟子无言地拍了拍我的肩膀。

我回过头去，喉咙里发出了一声嘶哑的吸气声。

环绕着广场的树木根部，有一张脸。是一张长发的女性面孔，嘴裂开呈一字形，裸露出上下两排牙齿。尽管被鸟子用手电正面照着，却还是眼睛一眨不眨地凝视着我。

见到驱鸟"恐怖眼"[1]图案上的鸟，大概和我现在是一样的感觉吧。睁得异常大的两只眼睛中，漆黑的圆形瞳孔正紧盯着这边。那副嘴脸充满了纯粹的恶意，让人胆战心惊。

中尉等人也听见了我窒息般的声音。顺着我的视线，他们也看到了那张脸。

"是它。"中尉喘着粗气说，"我们看到的，就是它——"

那双眼睛仍然紧盯着我，同时，女人的脸沿着树干向上升去。已经超过了人类的身高，还在继续上升，在超过六米的高度停下了。

鸟子放在我肩上的手也在颤抖。我无法移开眼睛，恐慌不断翻滚沸腾着，我发出了悲鸣。

"鸟……鸟子——开枪！快！"

"了……了解！"

---

1 "恐怖眼"是驱鸟设备中的一种，又叫风动驱鸟器。主要利用自然风吹动绘有使小鸟害怕的老鹰脸的气球，对鸟类产生视觉的威慑。

鸟子如梦初醒地答道，扣下了 AK 的扳机。

几乎与此同时，士兵们也开始了射击。步枪激烈的枪声打破了森林的寂静，习惯了周遭的黑暗后，枪口的火舌分外晃眼。

被击中的女人下巴往下一卸，叮铃叮铃、叮铃叮铃叮铃！尖锐的铃声从它大张的口腔里传出，一瞬间，我的手脚传来了触电般的疼痛感。

女人脸旁边的树干上突然出现了人手。是三只手指很长的左手。相邻的树干上也相继冒出了手指，这边是三只右手。在左右树木的支撑下，一名有着六只手臂的裸女迅速从黑暗中浮现出来。它的腰部往下不是人体，而是有着闪亮鳞片的蛇。

在麻痹的大脑一角，我恍然大悟。

果然是这样。这家伙，我是知道的。

"奸奸蛇螺"——有这样一个网络怪谈，讲的是三名不良少年潜入禁止进入的森林，遇见了半人半蛇的怪物的故事。"奸奸蛇螺"是怪物的名字，从字面上就能看出"六只手臂的蛇身女人"这一外形特征[1]。它的外表比起怪谈，更像是电影、游戏中出现的怪物，亲眼见到的压迫感不是开玩笑的。

奸奸蛇螺扭动着它那有一抱粗细的蛇身，爬出了广场。就连那六只人形的手臂也像没有脚的虫一样诡异地蠕动着，从肩关节到指尖。

中尉向身后呼唤，士兵们跑了过来。他们分散在注连绳的内外，

1　奸奸蛇螺的日文原文为"姦姦蛇螺"。

相继开始了射击。火力集中在奸奸蛇螺身上，它摇动着身体，顿时涌现出尖锐刺耳的声音，仿佛几百个铃铛在同时鸣响。

"啊啊！"

鸟子发出了厉声惨叫。我和士兵们也都痛号、踉跄起来。

好痛——双手双脚都好痛啊！烧伤般火辣辣的刺激让我不由得发出了声音。

海军陆战队也一样受着折磨。还有人四肢僵硬地栽倒在地，满地打滚。身上的疼痛感逐渐变强了。糟糕！

我一边与恐怖和痛苦抗争，一边把注意力集中到右眼。奸奸蛇螺的形象变得稀薄，出现了另一副面貌。

那张极其骇人的脸不见了，就连标志性的六只手臂也消失了。

在那里的，只有粘在一起蠕动着的六根四方形木材。说是四方形的木材，其实是材质不明的白色物体，看不出是木头。三个 V 字形结构连缀着，在那里吧嗒吧嗒地扑腾、滴溜溜地旋转，动作与蛇截然不同。只有木材与木材相连的部分被涂成了红色，看上去还有点像用火柴棒做成的益智玩具。子弹在木材表面凿下了许多弹孔，但它的动作不见一丝迟滞。

"鸟、鸟子，回到，后面。"我咬紧牙关，忍耐着随铃声变响而越发强烈的痛苦说道，"大家伙……去把大家伙拿过来！这些，不奏效！"

"——知道了！我马上回来！"

鸟子拍了一下我的后背，踉踉跄跄地跑开了。她的脚步声逐渐远去。

模糊的视线中，白色的方形木材和极其骇人的女人脸重叠在一起。我无法逃离，在对方的目光注视下，一个可疑的念头突然支配了我。

这家伙，为什么紧盯着我？它一直只注视着我，仿佛移开目光的那一方就输了一样。明明这里还有其他这么多人。

不……莫非……

这家伙是想吓倒我，让我把目光移开吗？如果认知不到它的真面目，攻击也就打不到它了，所以为了封印住我右眼的能力，而用极度恐怖骇人的脸狠狠瞪着我？

这么想着，心头竟涌起一股怒火，就连我自己都感到惊讶。

……竟敢看不起我，你他妈是乡下小混混吗？

可别以为我一吓就会把眼睛撇开啊。不仅不会，我还要杀了你……我要，用这只眼睛，杀了你！

虽然直接下手的不是我！

和怪物对视了这么久，总该稍微习惯了，但不知为何我完全无法习惯这张脸的恐怖。尽管如此，我还是靠意志固定住了自己的视线。渐渐地，视野开始闪烁，不只是手脚，就连脸也开始感到疼痛了。奸奸蛇螺的脸变得模糊扭曲，捉摸不定，感觉它似乎在慢慢远去。

慢着，别跑，给我待在那里。现在鸟子就要把大枪拿过来了。用那把枪射击，你这种玩意儿一枪就能解决……

这时，响起了震耳欲聋的车喇叭声，就像要把铃声抹杀一般。

痛苦在一瞬间消失，几近远去的意识也回来了。不知何时，我已经跪倒在地，低垂着头。我猛然抬起脸，伴随着引擎的咆哮，车头灯光芒万丈，"戈尔贡"冲进了广场。

之前一直折叠着的机械臂现在高高举起，伸向前方，机械臂末端装着有九个锯齿的排雷用铁铲。车辆再次长长地鸣笛，士兵们都连滚带爬地从它前进的道路上躲开。排气管里吐出漆黑的烟雾，宛如发狂公牛的鼻息，"戈尔贡"冲了出去。

全长超过八米的巨型车体以极快的速度横穿广场，从广场中央的赛钱箱旁边擦过，就在我眼前，这辆魔改过的防地雷反伏击车（MRAP）一头撞上了奸奸蛇螺。

机械臂前端的九个齿深深扎进了白色的方形木材。车辆突进的势头不减，就这么顶着怪物撞上了广场外沿的粗壮树木。

奸奸蛇螺痛苦地翻腾扭动着，铃铛声被引擎和车喇叭的声音所遮蔽。机械臂更深地嵌入它的身体，仿佛到了临终前那一刻，铃声变得高亢，只听嘎吱一声巨响，白色方材折断了。

奸奸蛇螺的全身挺得直直的，就像没电了的玩具一样，突然间一动不动。

引擎声慢慢安静下来，停止了。车头灯的光芒也渐渐变弱。倏然间，广场变得黑暗而寂静。刚才备受折磨的士兵们一边呻吟着一边站起身。

"空鱼！你没事吧？"

鸟子从广场外面飞奔而来，扶起瘫坐在地的我。

"戈尔贡"的司机和士兵们也下了车，他们低头看着奸奸蛇螺的尸体——残骸，一边用兴奋的口气交谈着。"Unbelievable（不敢相信）！""What a huge snake bitch（好大的蛇怪）！""Holly shit（我的天）！"

关于 Unbelievable，我也有同感。

我抓着鸟子的手站了起来，无语地摇摇头。

"我记得我说的是让你把大家伙拿过来……"

"最大的'大家伙'就是这个嘛。"

鸟子的声音里有着毫不掩饰的得意。

中尉冲过来，把手电对准我们。

"啊，你们没事吧？！"

"没事……我们成功了。"

我松了一口气，想对他笑笑，但看到手电光下的我，中尉和鸟子都悚然向后仰去。

"欸，怎么了——"

还没说完，鸟子啪地伸出双手夹住我的脸，上下左右一顿乱揉。

"笨……不……呀——"好不容易挥开她的手，我大声说道，"快住手啦！你在干吗啊？！"

我有些恼怒，鸟子看上去却像是松了一口气。

"空鱼，你刚刚的表情可了不得，就跟刚才那个女的一模一样。"

"……真的假的？"

我后背发凉，摸着自己的脸。这时，其他士兵和车辆也进入了广场。

少校从"枭熊"上下来，加入了我们。中尉一脸不可思议地环顾着广场一边说道："的确是这里——我们当初进入'Other Side'时毫无疑问就在这里。为什么之前没记起来呢？"

"人类这种生物在遇到过于恐怖的遭遇时，好像会失去记忆。一定是各位刚见到那个怪物时，因为害怕而四散逃跑的缘故吧。"

虽然说着看似很有道理的话，但我那些关于人类心理的知识都是从真实怪谈中得来的，对此一概不知的中尉和少校两人频频点头。

"正是因为这样，才出现了大量牺牲者。"中尉悔恨地摇摇头。

"在遇到更恐怖的事情之前，必须让各位回家才行。"

我走到广场中央，在赛钱箱前站住了。我指着箱子周围飘荡的银光对鸟子说："能抓住这附近吗？"

鸟子脱下手套，把透明的左手伸进了那片银色当中。

"这里？"

"那附近，抓着不放走几步试试。"

鸟子的站位改变后，赛钱箱像纸一样垮塌了。相对的，那里出现了一个平行四边形的框，像把空间切下了一块。是"门"。在"门"的另一边，能看到杂草丛生的石阶和夜幕下的空地，那里长着枝叶繁茂的棕榈树。微热而湿乎乎的空气流了过来。那是充满生命气息的、亚热带地区的空气。背后响起海军陆战队队员粗犷的欢呼声，是"表世界"的冲绳。

"从这里就可以回去了，请快一点。"

我回过头催促，中尉和少校大声向部下发令："All right boys, let's go home！"

"万岁！"男人们齐声喊道。

海军陆战队队员们疲惫而满是污垢的脸上露出了满面的笑容，这还是我们相遇以来的第一次。他们向站在"门"边的我和鸟子竖起了大拇指、道谢、击掌或碰碰拳头，接二连三地消失，去往了"表世界"。感觉把我这辈子能听到的"Thank you"都听完了，还有"The Girls"。"谢谢，'The Girls'。""托了你们的福，'The Girls'。""你们也早点离开这里吧，'The Girls'。"虽然至今为止一直无视了这个称呼，但这带定冠词的二字词到底怎么一回事啊，乡下女子乐队吗？

我用生硬的笑容应付着，渐渐感到疲劳，脸颊的肌肉也开始发酸了，这时最后一名士兵也穿过了"门"，剩下的只有中尉和少校。

"多亏了你们，真的非常感谢——"

少校又一次开始道谢，我挥挥手打断了他。

"不，不用了。没关系的，请快点回去吧。不知道这个'门'能开到什么时候，有话我们以后再聊。"

"是吗，那么，我们那边见。"

"那我先走了。"中尉向我们笑了笑，离开了"里世界"。

我叫住最后一个打算走进那扇"门"的少校，问了一个问题。是我此前故意没问的问题。

"能问个问题吗……从我们出了营地到现在，一共有多少人牺牲？"

少校回过头俯视着我，郑重地开口："一个也没有。你们的救援行动非常完美，是一项惊人的壮举。"

我感到一阵安心，全身都泄了劲儿。少校微笑着，向前迈了一步，在"门"的另一边向我们伸出手。

"之后就只剩下你们了，快过来吧——"

"啊，抱歉。我们就在这里告辞了。"

"你说什么？"

"可以了，鸟子。"

鸟子啪地松开了紧抓着的那个空间，"门"关上了，少校吃惊的面容消失无踪。

森林再次回归寂静。空地周围丢着军用车，巨岩一般的影子从黑暗中浮现出来。

趁逃脱时的混乱作别美军士兵这一计划，是我事先和鸟子商量好的。不管他们再怎么友好，再怎么对我们感恩戴德，这样牵扯下去大概还是麻烦更多。

"他们都活下来了，不觉得很厉害吗？我们俩。"

"嗯，太好了……"鸟子松了口气似的自言自语道，"那些士兵，一定也有人在等他们回去。真是太好了。"

"是啊。辛苦了，鸟子。"

"空鱼你也辛苦了……哎呀，没事吧？"

我站立不稳，差点当场倒下。鸟子慌忙扶住我。

"哈——累死了。"我发自心底地说道，"虽然麻烦得一塌糊涂，但总算让全员都生还……了……"

本想半笑着说下去，却突然口齿不清，视线竟模糊起来。

啊，糟糕——这么想时已经太晚了。眼泪簌簌地落下，顺着僵硬的脸颊往下流。

"哇啊！等一下，等一下，对不起——"

鸟子一把抱住了陷入恐慌的我。我也抱了回去，或者说用双臂缠住了她。鸟子和我一样，全身大汗淋漓，却散发出好闻的味道。

"你很努力了，空鱼。"

她一边摸着我的头，一边温柔地说。快住手……你这样做，我岂不是更想哭了吗。我抽噎着说："因为，鸟子说，要把那些人，都救出来，所以我才……"

鸟子用力抱紧了我。

"你奉陪了我的任意胡为。"

"也没……关系啦。我只是，想要新的枪而已。"

"好不容易到手的枪，却一次也没用过啊。"鸟子轻笑了一下说。

我把脸埋在她胸前，摇着头，像在找借口一样重复着。

"我其实无所谓的。那些人，要不是鸟子提到，我都忘了。你看，因为我——是个对其他人毫无兴趣、毫无人性的女人。"

我断断续续地说道，鸟子摇摇头。

"没这回事。空鱼是个超级好的孩子哦，非常温柔。"

"比小樱还温柔吗？"

听到我小声询问，鸟子沉默了一会儿。

"……你一直很介意这个？"

"……"

我的脸唰地发烫起来。自己抱着鸟子这件事突然变得很难为情，我挣开了她。

"抱歉，我昏了头——"

正要道歉，鸟子伸出手对着我的脸一通乱揉。

"快住……住手啦！干吗啊？！"

我挥开那双手，瞪着她。鸟子不知为何笑得很开心，说道："看着拼命努力的空鱼，就觉得好喜欢。"

"……为什么？"

"因为，哪怕是我一个人绝对办不到的事，只要和空鱼一起，就好像能行的样子。"

她爽快地说了这句话，让我无言以对。快收住的泪水又要夺眶而出了。

这是我要说的啊，鸟子——

我正要这么说呢，突然，脑海里浮现出了什么。

咦？好像最近才刚听过类似的话……

"……该不会，你一直点一大堆吃不完的菜也是因为这个？就算你一个人做不到，我也会努力吃掉，所以？"我皱起眉头问道。

"啊……嗯，或许也有这个原因。"鸟子目光游移地回答。

这家伙……

我感到十分无语，叹了口气。

"行了……我们也回去吧。"

"嗯，回去吧回去吧。从哪儿回去？"

"我没怎么想过这个问题。实在不行，从这个'门'也能回去，只是出去的时候又要和美军碰面了……"

"这样超尴尬的。"

"总之我们先找找吧。"

我们经过奸奸蛇螺的残骸，走向森林深处。

"那个，庆功宴你想吃什么？"

"昨天不是刚吃过吗？"

"那是上一次的份，而且那也不是庆功宴，是检讨会。"

"也行吧……我已经没什么钱了哦。回去之后得让小樱把那顶帽子买下来才行。"

我们一边说着没营养的话，一边寻找着"门"，在黑暗的森林中走动着。

——从结论来说，我们平安无事地回去了。

在被游荡于"里世界"夜幕中的怪物袭击之前，我们在森林里稍远的地方发现了另一个"门"，得以悄然回到"表世界"，没再和白马营碰面。

但这时的我，做梦也没想到有朝一日，自己竟会在烈日炎炎的冲绳海滩上，和鸟子共度二人世界，尽情享受着这个避暑胜地。

Otherside Picnic

档案6
世界尽头的海滨度假之夜

1

我醒来的时候，日头已经很高了。透过窗帘缝隙射进来的阳光白而眩目。

头一阵钝痛，全身大汗淋漓。昨天几点睡的来着？

"呜呜……啊——"

我发出僵尸一样的呻吟，坐起身来。睡眼惺忪地四下摸索着，像平时一样抓住窗帘，想也没想就拉开了。霎时间，夏日的阳光暴力地炸开在这个刚刚还被昏暗和空调凉风所笼罩的舒适卧室中。

床上，就在我身边，鸟子惨叫了一声把脸埋进枕头里。

"干吗做这种事啊！"

鸟子闷闷地发出抗议声，我无言以对，呆呆地望着她。毛巾毯下横卧着的身体缩成一团，紧紧抱着枕头摆出了耐闪光防御姿势。现在能看见的只有她沐浴在阳光下闪闪发亮的金色发旋儿。

……为什么鸟子会在我旁边睡着？

我低头看了看自己，穿着一件图案陌生的 T 恤。昏昏沉沉的脑袋从冲击当中醒来，涌出了接二连三的疑问。

这是哪里？好像是有点精致的木制……怎么说呢，小别墅？小木屋？我为什么会在这种地方来着？

还有，为什么外面这么耀眼？让视野过曝的强烈阳光，简直就像在南国一样不是吗——

——啊，渐渐想起来了。

我眯起眼睛，再次看向窗外。天空高远，是一片完美的蓝，与反射着阳光的白墙形成了鲜明的对比。

没错，我们现在的坐标是冲绳——那霸。这里是我们昨晚喝了很多奥利安啤酒和一点泡盛酒后匆忙下榻的西式民宿。

一说起"西式民宿"就会有种度假村的感觉，但这里位于市中心，是一栋三层楼房，屋顶是木阁楼，窗户正对着的就是两旁栽种着棕榈树的马路，对面立着一块巨大的消费贷款招牌。

"现在几点？"鸟子问道，仍然抱着枕头不松手。

"十点多。"我看了看床头板上的闹钟回答道。

"唔嗯……退房是什么时候？"

"不知道。"

我甚至连入住的事情都不记得了。

我探出身子看向地板，黑亮的地板上，堆着我们俩乱七八糟的衣服。之所以没有以丧失人类尊严的姿态入睡，究竟是理智的恩赐呢，还是因为在脱衣服中途用尽了力气呢……

好想喝水。好想冲澡。

我下了床，赤脚踩着冰冷的地板走向门边。只见室内还有一个西式坐便器，我不禁"哈？"了一声。怎么看都是个西式坐便器——带智能马桶盖的那种，只用了一个高度及腰的屏风把这一块和卧室的其他地方隔开。

莫非我们觉得是西式民宿的这个地方，其实是个装修精良的拘留所？我困惑地打开门，看见了一个带厨房的起居室。起居室连着的另一个房间里还有洗脸台、淋浴房和正常的独卫，我松了口气。

上完厕所，我照了照洗脸台的镜子，镜中的自己头发乱糟糟的。T恤上用粗体毛笔字写着"岛人[1]"。

我目瞪口呆地回到起居室，两个扔在沙发上的堂吉诃德黄色塑料袋映入眼帘。在翻看过程中，更多关于昨晚的记忆复苏了……

我和鸟子赶赴"里世界"的如月车站去援救被困的驻日美军海军陆战队，好不容易把几十名幸存者成功送回了他们原来在的地方——冲绳的美军演习地点。

目送自称白马营的士兵们离去后，我们在稍远的地方找到了另一扇"门"，两人回到了"表世界"。这是昨天发生的事。

我们发现的"门"通往那霸市正中一幢商住大楼的屋顶，面朝着游客来来往往的国际通[2]大街。

1　原文注音为冲绳方言。

2　国际通是冲绳县那霸市一段约1.6公里的大街，是那霸市最繁华的商业街。

我们一边庆幸着来到了一个好地方，一边把枪等探险用装备卸下来放进包里。下到一楼后，第一件事就是开庆功宴。

从极度紧张中解放出来的畅快和突然来到冲绳的激动让我们的兴致相当高昂，我们首先在一家铺着席子的冲绳料理店内坐了下来。像往常一样，鸟子点了一大堆，尽管店员担心我们吃不完，但两人在上菜后立马就把花生豆腐、冲绳药草天妇罗、海葡萄、Rafute（冲绳风炖猪肉）、黄油烤翻车鱼、木瓜杂炒、山羊肉刺身和苦瓜炒饭吃得一干二净。酒也是一杯接一杯地满上，结果大概喝了两个小时。之后我们决定换一摊，把各个酒馆都串一遍。

和鸟子同行总会让我经历许多第一次，串酒馆也不例外。我们从国际通走进拱顶商业街，在不识路的情况下拐了好几个弯，爬上某个坡道时发现了酒吧便进去，点了些鸡尾酒什么的……来着？喝了不知道多少杯之后，把装着威士忌的玻璃杯往吧台上一推，"这杯威士忌我请了"——隐约记得我们还讨论过这件事的可行性并决定试一试，希望没有真的付诸行动。

……奥利安啤酒和泡盛酒，可不止是喝了一点点而已。

总之我们出了这家酒吧，在附近的食堂吃了冲绳荞麦面，正好时间差不多了，就找了个下榻的地方。出了汗浑身黏糊糊的，为了买换洗衣物我们又去了堂吉诃德，借着酒劲买了吃的喝的，打了车，住进了在网上随便订的酒店。

结果就是这样。

　　我把在包装袋里化成一滩的棒冰拈起来，叹了口气。除了棒冰之外，食物还有像是打算买来当零食的鱼肉肠和下酒果仁。午餐肉饭团和醋腌章鱼寿司卷大概是买来填饱肚子的碳水化合物吧。饮料有两罐没动过的啤酒、两罐冲绳限定 Chu-Hi[1]，还有瓶装乌龙茶。我俩当时到底打算喝多少啊？买了速溶咖啡也就算了，旅游的时候没必要买瓶装饮料吧？上面可是写了一瓶有 45 杯那么多。

　　另一个袋子里塞着新的内衣和 T 恤以及袜子。当时喝得酩酊大醉，好像就随便买来换了，但买太多了，把袋子塞得满满当当。待会儿必须好好检查一下里面的东西。

　　姑且喝个咖啡吧，我想着往电水壶里加了水，打开开关。顺便在厨房一角发现自己插在插座上的手机，拿了回来。喝醉时还不忘充电，我真了不起。

　　看看手机通话记录，发现自己在昨天晚上七点多跟小樱有过一次通话。应该是向她报告了从"里世界"回来的事。之后的四个多小时，我和鸟子断断续续地向小樱发送了冲绳料理和酒的"深夜报社"照片。所有消息都显示已读，对方只回了个青筋暴起，表示愤怒的可爱动物表情。

　　酒真是可怕的东西……我深刻地认识到了这一点，这时水烧开了。我从厨房找到马克杯，拧开雀巢金牌速溶泡了咖啡。

1　烧酒掺苏打水制成的饮料。

打开卧室门，正对着的就是被木质屏风围绕的纯白西式坐便器。果然还是很奇怪。说不定是我先入为主的观念错了，或许这里其实不是有着坐便器的卧室，而是一个有着床的厕所。

我把两个散发着咖啡香气的马克杯放在茶几上，摇晃起床上的鸟子来。

"鸟子，我把咖啡端来了。"

"咖啡，想喝……"

"我都说端过来了。"

她像在说梦话，听起来很好笑。

"行了，快放弃挣扎起床。已经十点半咯。"

我抓住毛巾毯，一口气掀起——

"呜哇？！"

我惊慌失措地又把毛巾毯盖了回去。鸟子嘟嘟囔囔地发出抗议，把毯子扯到身旁。

这……这女的干吗全裸睡觉啊！

我踉踉跄跄着后退了几步，脚碰到了散落在地板上的衣服。仔细一看里面确实混着内衣。不，慢着，给我慢着。也就是说，我整个晚上一直都睡在光溜溜的鸟子旁边吗？

怎么会……

在初高中时没有一个朋友，也没怎么和他人进行过身体接触，突然间与全裸的好友同床共枕这一事实对我而言冲击力太大了。

我呆呆地站着，目光无法从床上随着呼吸缓缓起伏的块状物上离开。

该如何看待这件事？

不，不用放在心上吧。说不定其实全世界的人基本上都是裸睡的，只有我不知道而已。或许这并不是值得大惊小怪的事。再说了，会把别人睡觉时的样子说出口才不像话呢。嗯，没错，反正不管是什么人，就算穿着衣服里面也是全裸的嘛……

"阿嚏！"

正当我的思绪开始陷入迷茫时，鸟子打了个喷嚏，吸了吸鼻涕。她越发用力地抱住枕头说了一句。

"好冷。"

……给我把衣服穿上啊！

"给，咖啡很烫，小心点。"

"嗯——"

"退房时间好像是十二点。"

"嗯——"

换好衣服，坐在起居室桌子对面的鸟子好像还没睡醒似的，无论我说什么都没什么反应。

"你……你一直都是裸睡的吗？"

"嗯——有那个心情的话。"

什么玩意儿？"今天是想穿睡衣的心情呢""今天是想要坦诚相见的心情呢"这种感觉吗？完全无法理解。

"早饭有饭团和寿司卷，鸟子想吃哪个？"

"都想。"

"欸？知道了，那一人一半吧。"

我撕开包装，把午餐肉饭团分成两半递过去，鸟子乖乖接过吃了起来。眼睑半垂。

鸟子的 T 恤底色是藏蓝色的，上面用白线画着变形的飞鱼。是一件普通的可爱 T 恤。我低头看看自己的岛人 T 恤，感到难以理解。为什么自己挑了这种欢脱游客似的图案呢……

……因为昨晚的我是欢脱游客本客的缘故吧。

虽然不太记得了，希望自己没做什么不该做的事。

"我说……这个房间是不是有点怪？"

喔，鸟子的人类语言功能开始恢复了。

"哪里怪？"

"厕所……"

"哦哦，这个好像是纽约风哦。"

为了确认退房时间，我用手机登录了这家民宿的网站，上面是这么写的。

"好像是室内设计师说把卧室和浴室放在一起的设计在纽约很流行，所以就这么弄了。"

听了我的说明，鸟子皱起眉头。

"被骗了吧？"

"我也是这么想的。"

"退一万步讲，就算这真的是纽约流行，最关键的'浴'也没有嘛。搞不懂……为什么只有个厕所啊……"

仿佛想让睡意犹存的脑袋转起来，鸟子紧闭双眼，皱着眉头继续说道："唔——嗯，是为了让纽约的贵族们举行派对后，就算醉得不省人事瘫倒在地，想吐时也能马上吐出来，之类的吗……"

"欸，是因为这个？"

"不然的话，就是他们在注射可卡因之后反胃呕吐什么的……"

"我说，鸟子你莫非觉得不舒服？想吐吗？"

"我没事……只是有点头晕。冲个澡应该就清醒了。"

"那就好。"

纽约风什么风的我可不管，希望不要搞什么容易让人误会的东西。像这样在日常光景中突然看到违和的事物，我就会以为是进入"里世界"的前兆而悚然一惊。

吃完了饭团和寿司卷，我们喝起了咖啡。透过鸟子剔透的左手，映出了歪歪扭扭的马克杯。

"鸟子，你要想冲澡就快点去哦，时间不多了。"

"嗯。"

"对了，这些酒和瓶装饮料怎么办？不能放在这里吧。带着这么重的东西去机场也很傻，一时间又喝不完——”

“机场是哪里？”

“欸？那霸机场啊。”

“为什么要去机场？”

“呃，当然是因为要回去啊。你知道今天已经周一了吗？今天的课我已经放弃了，明天一定要去学校才行。”

“难得来了冲绳。”

我用怀疑的眼神看向面露不满之色的鸟子。

“来了又怎么样？”

“空鱼，你不记得昨天的约定了吗？”

根本不知道她在说什么，鸟子噘起嘴对迷惑不解的我说道：“我们约好了要去海边的，不是嘛？”

“……海？”

我自言自语地重复了一句。

“没错！我们说到冲绳的海滩就兴奋了起来，还买了泳衣呢！”

刚才的睡意已经一扫而空，鸟子的眼睛闪闪发光。

“湛蓝的大海和雪白的沙滩，今天天气这么好绝对不能错过！这是我们俩的避暑胜地哦，空鱼！”

鸟子不一会儿就变回了原来神采奕奕的样子，我呆呆地望着她。

买了，泳衣？我们俩的？

这样的我，去海边。泳衣。

沙滩。避、避暑胜地……

"真的假的？"

2

是真的。

还以为那个堂吉诃德的塑料袋里只有换洗衣物，但其实泳衣、毛巾、沙滩垫、防晒霜……总而言之就是海滩游玩套装基本上都在里面了。

昨晚的我们到底有多想去海边啊？

一旦找回了状态，鸟子的手脚就变得很快。她迅速冲完了澡穿着T恤和短裤出来，说了一句"收拾行李就交给我吧"，就把我塞进了浴室里。

我一边冲澡，一边进行心理建设。

上次穿泳衣还是在小学的游泳池里。海是什么样的？没有印象。记得好像看过一张照片，是母亲生前带我去某个海水浴场时拍的。但当时的我只有两三岁，非常年幼，所以完全记不得了。当时父亲也还很正常，照片上的一家三口看上去非常幸福。现在老家已经空无一人，那张照片还放在家里的某个角落吗？

泳衣吗……光是想想就有些害怕。昨天买的泳衣是什么样的？虽然还没看过，怎么办，一定很奇怪。因为我只见过学校泳衣，烂醉如泥的自己能买到正常的泳衣，怎么想都不可能。

在盛夏的冲绳海滩这种众目睽睽的盛大场合登场本身就令人望而却步。我虽然不讨厌外出，但也仅限于没人的地方。熙熙攘攘的海水浴场什么的，不想去啊……

怎么办，怎么办。我一边任热水打在身上，一边烦恼着，鸟子在浴室外面喊道：

"空鱼，没事吧？还有十五分钟就要走咯！"

"欸，不是吧！我马上出来。"

"OK，干净衣服帮你准备好了。"

我慌忙关上花洒，飞奔而出。甚至来不及吹干头发，只草草地擦了一下就回到了起居室。

从堂吉诃德的袋子里拿出新 T 恤，上面画着一只在锅里的山羊，很可爱。我把 T 恤套在了吊带背心外面，下身穿着平时的牛仔裤，鞋子是有花朵图案的凉鞋。头上戴着灰色的鸭舌帽，帽檐压得很低。因为隐形眼镜不知道被埋在行李的哪个角落里了，蓝色的右眼完全暴露了出来。鸟子穿着连衣裙，戴着有蕾丝花边的长款防晒手套，穿着藏青色的皮质凉鞋，还戴着宽檐草帽和墨镜，一身完美的夏日装扮。

看见镜中的我们俩，我目瞪口呆。

"完全是一副要去玩的样子嘛！"

"昨晚空鱼你一说要去海边就超起劲的。"

鸟子坏笑着说。不不不，你骗人，我不信。

鸟子基本上把行李都收拾好了，所以我们勉强赶上了退房时间。不过，或许不用这么急。因为只需要下到西式民宿所在大楼的一层，把钥匙放进前台的篮子里就算退房了。

一出空调房，闷人的热浪伴着南国的烈日便毫不留情地打在我们身上。感觉晒久了会化成灰。七月的冲绳烈日对于我这个在没什么阳光的秋田县土生土长的人而言完全就是凶器。

"呜哇——这阳光好强啊，一会儿就得晒黑。"

鸟子藏在帽檐下的眼睛眯了起来。这里离那霸的中心街道很远，不管去哪儿都需要坐车。

沿着马路向前直走，楼房稀稀拉拉地连缀着，墙壁被海风侵蚀得坑坑洼洼。阳光几乎是从正上方照射下来的，整条街看上去就像没了影子一样。朝马路左右放眼望去，几乎没有行人。仔细一想，应该很少有人喜欢专门挑一天之中最热的时间出来闲晃吧。

"赶紧打个车，再走下去要晒干了。"

晒得黝黑的大叔骑着的自行车、电瓶车、冲绳牌照的汽车接二连三地经过，我们目送着它们，体内的水分逐渐蒸发。在这两名欢脱游客变成肉干贴在柏油马路上之前，一辆的士停了下来。

我们背着的又大又土的双肩包里装着全副装备，和现在的服装不太协调，但这位初显老态的司机似乎并没有注意到这一点。

"我们想去海滩，请问有什么推荐的地点吗？"

鸟子大大方方地问道。虽然她说自己怕生，但眼前的场景很难让人这么想。和白马营的人说话时生硬冷淡，是因为当时很紧张吗？

"好的好的，热闹点的地方比较好吧——"

"啊，没人的地方比较好。"我不禁插了句嘴，"什么人也没有，安静的、不为人知的那种……"

"这样的话，我带两位去泪原的根底滨[1]吧，那边没人——"

"那就麻烦您了。"

虽然不知道司机口中的专有名词，我还是姑且点了点头。

"嗯，安静的地方不错。"

还以为鸟子会提出反对，但她也表示赞成。

"啊，但如果那里没有商店就不太方便了。我们是不是在路上买点东西比较好？"

"也是。不好意思，如果路上有便利店能绕过去一下吗？"

出租车起动了，我们终于坐了下来。

车子穿过二手车店和家庭餐厅林立的马路，来到了车流较多的主干道上。路旁是绵延不绝的美军基地围墙。

白马营那些人现在怎么样了呢？希望他们不要再误入"里世界"了。另外，也希望我们不要有个万一，在"表世界"和他们撞上。

我正思考着，只见围墙戛然而止，大海出现了。

"哇啊！"

1　原文为"ナダバルのネゾコバマ"，似为意义不明的冲绳方言。

鸟子发出了欢呼，我也情不自禁地探出了身子。

翡翠色的海面越往远处便越发湛蓝，美得就连我这种对海滩和避暑胜地抱着消极心态的人也看得入了迷。

"好期待啊。自从来到日本以后，我就一次也没到海边玩过。"鸟子兴高采烈地说。

"在那边的时候经常去吗？"

"每到夏天父母就会带我去。住在温哥华那会儿，我参加了在日落海滩（Sunset Beach）举行的游行，可好玩了。"

听起来就像另一个世界的故事。

"这样啊，我只知道日本海。"

"日本海没有海水浴场吗？"

"有是有。"

"下次我们也去那边玩玩吧，你能当我的向导吗？"

"可以……是可以。"

我不禁无语凝噎。对老家周边地区有着不快的回忆是一个原因，而且不可否认的是，与现在我们眼前的冲绳的大海相比，日本海要黯淡得多。

"……对了，先涂上防晒吧。鸟子你的皮肤比我好，疏忽大意的话可是要遭殃的。"

"啊，对对对就是这样！会被晒红的。"

继鸟子之后，我也涂好了防晒霜，并让的士司机在附近便利店停了一下。买足了折叠式便携保温箱、冰块、饮料和食物回到车上，出租车再次出发。

坐在开着空调的车内摇晃着，逐渐有些迷迷糊糊。司机很安静，车载广播一直播放着像是民谣又像童谣的乐曲。

> 蓝色月夜的海边
>
> 啼叫的小鸟在找爸爸妈妈
>
> 它出生于波浪的国度
>
> 濡湿的翅膀泛着银光
>
> 夜晚啼叫的小鸟好悲伤
>
> 飞越大海去找爸爸妈妈
>
> 它消失于月夜的国度
>
> 有着银色翅膀的滨千鸟[1]

鸟子把头靠在窗边，闭着眼睛。她睡着了吗？水润的浅粉色唇瓣像小孩子一样微微张开。我注视着她毫无防备的侧脸，不知不觉间车子驶进了住宅区的小路。朱红色的瓦片屋顶和石墙上，石头做的狮子像正怒目圆睁地监视着我们。

突然，我听到副驾驶座传来轻微的沙沙声。探头望去，座位上有

---

[1] 出自鹿岛鸣秋所作的《滨千鸟》，原文为冲绳方言。

一个小小的海螺在动。

仔细一看，从里面伸出了脚和钳子……是寄居蟹。

寄居蟹周围堆着一捧沙，座位上就像一个小庭园一样。眩目的阳光透过前挡风玻璃射了进来，在阳光照耀下，白色的沙砾闪着银光。

看着熠熠摇动的银光，我逐渐变得恍惚。

仿佛陷进了座位里，意识不断远去——

3

"空鱼，喂，快起来。"

有人在摇我的肩膀，我猛然从梦中惊醒过来。

"抱……抱歉，我睡过去了。"我手忙脚乱地坐起来，揉着眼睛问鸟子，"已经到了吗？车费多少钱？"

"不知道……而且司机也不在。"

"欸？"

我把目光投向四周，终于发现情况有异。

"这是什么情况？！"

刚才熟睡的我所躺的是一辆破车。身下的座位破烂不堪，四个车门和车窗玻璃都不见了踪影。树木穿透车底，枝叶爬上了空无一人的驾驶座。副驾驶座上堆满了沙子，就像从仪表盘里溢出来的一样。沙子表面有什么小动物爬过的痕迹，是我入睡前看到的那只寄居蟹吗？

"我醒来时就变成了这样，完全不明白——"鸟子带着迷惑的神情说道。

我们战战兢兢地爬出了这辆车。车体的喷漆已经剥落，露出了里面的铁锈色，上面爬满了从地面生长出来的藤蔓。压瘪的轮胎下长着一簇簇旋花，周围布满了叶子，像一张绿地毯，上面开着粉色的花朵。

覆盖着旋花的缓坡下方是白色的沙滩，远处则是绿松石一样波光粼粼的大海。海平面上天空高远，云朵反射着大海的颜色。远处的海面上横亘着庞大的灰色岩块，容易错看成一堵墙。

四周安静得出奇，只能听见涛声和风声。鸟子开口打破了沉默。

"这里是'里世界'？"

"大概……"

"你有没有看见什么危险的东西？"

鸟子问。我用右眼环视了一圈，没有银色的磷光。

"好像姑且是安全的。"

"OK，既然如此——"

鸟子仿佛下定了决心似的迈出脚步。

"慢着慢着，你要干吗？"

"我们过去看看吧。不管是'表世界'还是'里世界'，起码都到海滩了。"

"你是不是有点乐观过头？"

"因为不去不甘心嘛！"鸟子噘起了嘴，"明明我们两个人是来玩的，却被这样泼冷水……这里很安全吧？那我们去嘛，就算万一出了事还有枪。"

"可、可是——"

"我说，我们可是好不容易来的海边哦，不能因为这样就被吓倒吧。"我感到踌躇之际，鸟子有些不耐地说道。

"遵……遵命。"

不，认真的吗？虽然能理解鸟子无论如何都想玩的心情，但在这儿？鸟子无视疑惑的我，一个人走了出去。

真拿她没办法。我也背起行李，追在了鸟子身后。

下到沙滩，灼热的沙子从凉鞋侧面烫着我的脚。没看见变异点和怪物。目前为止，这里看上去和普通的海滩并无二致。只是，视线范围内没有一个人。

沙滩向两边绵延而去。右边远处有一条伸向海面的堤坝、消波块和一座小小的灯塔。左边也一样，突出的堤坝隔断了海滩。爬上斜坡时我看见了几幢建筑物，那栋木制的两层楼房是海之家[1]之类的吗？

"没有能换衣服的地方吗？"鸟子四下张望着说。

"为什么要换衣服？"

"你说为什么，那当然是要换泳衣咯。在这种空荡荡的地方换实在是有点……"

1　海之家指夏季时，在海水浴场为游客搭建的临时小屋，用于更衣、休息、饮食等。

"说……说的也是。"

鸟子的决心似乎很坚定。

"明白了。我们要不要去那栋房子看看，说不定有更衣室。"

我指着斜坡上面，鸟子点了点头。

我们沿着斜坡向上爬，在沙滩上留下串串脚印。爬上半截埋在沙子里的混凝土石阶，出现了柏油路。报废的汽车和路边小摊的残骸星星点点地连缀着。我看到的那栋建筑物果然是海之家，向外大敞着的房间没铺地砖，里面是一间铺着席子的和室，放着几张矮桌。屋顶上的招牌已经褪色，看不清写的是什么。

我们走到屋檐下向店内窥视，完全是一片废墟，墙上贴着的菜单成了"里世界"特有的奇异文字，莫名让人有些悲伤。上面写着的本应该是炒面、刨冰等令人心情愉悦的单词，现在却一个字也看不懂。没有店员和客人，炒面用的铁板上覆盖着一层厚厚的风沙，做刨冰的机器也滚落在地，摔得四分五裂。

鸟子在包里摸索了一阵，掏出手电筒和马卡洛夫手枪。她装上弹匣，拉动套筒，检查装填情况。

"你要干吗？"

"Clearing（清扫）。"

"等、等一下，我也一起去。"

我也从双肩包里刨出了自己那把马卡洛夫，枪套就省了。在牛仔裤上擦擦汗湿的手，握紧了枪把。

"久等，我准备好了。"

鸟子点点头。

"我观察前方，空鱼警戒后面。"

"OK。"

我们把行李放在屋檐下，穿过了海之家那个没铺地砖的房间。走到内部，四周变得昏暗，鸟子打开了手电筒。

她反手拿着手电筒，举在脸旁边，圆锥状的光束照出了暗处散落的啤酒箱和叠在一起的椅子。走廊的一排窗户全都从里面贴上了泛黄的报纸。果然一个字也读不懂。

"我们把窗都打开吧。我来望风，能拜托你开窗吗？"鸟子压低声音说道。

"知道了。小心地板，因为穿着凉鞋，要注意别踩到钉子和碎玻璃什么的。"

"OK。"

我撕下了发脆的报纸。打开玻璃窗，拉开外面的百叶窗帘，阳光和风便吹散了混浊的空气。厨房、厕所、员工休息室，刚大致检查完外面的房间，就看到短短的走廊前方连着一个铺着席子的大房间。房间的构造类似民宿，澡堂和洗漱间都很宽，厨房的餐具架上摆着许多同款盘子。在放有无数台洗衣机和烘干机的洗衣房，堆着些蒙尘的亚麻织物。

我们打开了一路上所有的窗，走到后门时，一楼已经变得亮堂堂的，与之前完全不同了。散落在地板上的报纸碎片在风的吹拂下发出细微的沙沙声。

鸟子呼地舒了口气，放下手电筒。

"一楼完成了，虽然我也想看看二楼……"

我们抬头望着木制的天花板。

"什么声音也没有呢。"

"毕竟是废墟……"

我们在途中发现了通往二楼的狭窄的楼梯，但每一层台阶上都堆着食案，感觉没法轻易通过。一瞥之下，只见食案上放着用过的盘子和碗，上面还沾着干掉的饭粒。

"嗯……算了。这里好像是安全的，我们去玩吧。"

"什——么？"

鸟子一副不耐烦的样子直接从后门走了出去，我也跟在她身后。房屋背面是一片郁郁葱葱的树林，以我们现在的打扮，还是不要进去比较好。我们绕着房子外围走了一圈，又回到了前门。我在附近发现了带隔板的淋浴间，停了下来。

"我说，在这里换衣服不就好了？"

"喔——Nice Idea。"

鸟子爽快地说，我一下子泄了劲儿。

"清扫花的时间不都白费了吗？！"

"确认过这里的安全比较好吧，不是白费啦。"

这家伙明明跳过了二楼的检查……

鸟子从堂吉诃德的袋子里拿出了另一个纸袋递给我。

"给，这是空鱼你的份儿。"

"啊，好的……"

"怎么了？一脸不安的样子。"

"啊——嗯……上次在别人面前穿泳衣还是小学时候的事了。说实话好难为情啊，不知道会不会很奇怪。"

听了我的坦白，鸟子微微一笑。

"没事啦，我也和你一起穿。"

"鸟子身材很好不用担心——"

话说出口的那一刻，今早鸟子睡在床上的惊鸿一瞥突然闪过脑海，我慌了神。

我揉揉脸颊试图让自己清醒过来，鸟子担心地说："那个，莫非你身上有什么很大的伤痕或者不想被别人看见的文身，让你很介意？如果是这样的话，对不起，我没注意到——"

"欸？啊，不是不是，不是这个原因。"

"那就好。但就算真的有什么，不管空鱼的皮肤什么样我都不介意哦。"

"……嗯。"

为什么这孩子能毫不犹豫地说出这种话呢？

"那，我说，我们去换衣服吧。"

被鸟子催促着，我点了点头。

4

嗯——原来如此——

看了自己的泳衣，我莫名感到心服口服。

要说什么款式……是风衣。条纹抹胸加泳裤，外面罩着一件长袖的防晒衫。拉上拉链的话就和我平时的打扮没差多少，最多就是牛仔裤换成了短裤，露出了腿而已。

很有我的风格——我暗想。即使在酩酊大醉的情况下还是那么保守，有点讨厌自己了。

我照了照淋浴间里的镜子，思考了一会儿，决定不拉上风衣拉链。

走出淋浴间时，刚好鸟子也从旁边走了出来。

带蕾丝花边的黑色比基尼加花朵图案的开衫，墨镜和草帽带来的可爱中和了这套衣服成熟高雅的性感氛围。因为模特优秀，看上去非常有模有样。我穿泳衣只显得瘦削而且青筋毕露，鸟子的身材则兼具紧致的肌肉与圆润柔和，她应该能轻松胜任时尚杂志的读者模特吧。

见我注视着她，鸟子朝我莞尔一笑。

"很适合你哦，空鱼。很可爱嘛。"

"嗯，是吗？"

刚才还在为自己的不中用而感到失落，一听到鸟子的夸奖，我顿时高兴起来。为了掩饰自己高昂的声音，我清了清嗓子说："鸟、鸟子也很合适……很漂亮……"

明明想着要坦率地夸奖她，话尾却变成了嘶哑的耳语。

鸟子微笑着想说什么，却突然用手背遮住嘴角侧过头去。她的侧脸染上了红晕。

"谢谢……"

是害羞了吗？她不肯与我对视，明明戴着墨镜。

"海、海之家！对，我们能不能回一趟海之家？我想拿点东西过去。"

鸟子应该也知道自己很漂亮，很适合穿泳衣，却因为我的话而罕见地变得笨口拙舌，这样的她看上去有点好玩。

鸟子口中"想拿点东西过去"是放在海之家角落里的沙滩伞和白色的塑料躺椅。

"'Clearing'的时候找到的，棒不棒？"恢复了常态的鸟子自豪地说。

当时我们检查了一下，除了布满灰尘以外，两件都还能用。

"嗯，确实，去海滩的话有这个会比较好吧。"

"对吧。"

"你打算怎么带过去？"

"两个人一起努力？"

我们不仅背着各自的巨大行李，而且分工拿着保温箱、装有换洗衣物的堂吉诃德塑料袋、便利店的袋子，还拖着沙滩伞以及两把躺椅走向沙滩。

"呼——呼——到这附近就行了吧。"

在离海岸线还有十米左右的地方，鸟子站住了。

"已经可以了吧。"

"那，我们把遮阳伞立起来吧。"

我们把行李扔到地上，开始做准备。尽量把遮阳伞深深插进沙子里，再用我们俩的双肩包支着底部。把躺椅打开，并排放在伞下，中间铺上沙滩垫，放上保温箱。马卡洛夫手枪也放在了垫子上。

我拆开在便利店买的湿巾，擦去躺椅上的灰尘。

"OK，完成了。"

"完美！"

鸟子发出了欢呼，趴倒在椅子上。

"空鱼也快点快点。"

"好好好。"

我也在旁边的躺椅上躺下，哈地舒口气，放松了身体。

视线所及之处是我和鸟子的四只脚，前方是无垠的南国之海。蓝绿相间，美得无法用语言形容。

起起伏伏的波涛声。海潮的味道。真是个无可挑剔的避暑胜地。

……除去这异常得无可挑剔的环境之外。

"那个，是什么呢？"鸟子懒洋洋地嘟囔道。

"谁知道……可能是恶魔岛[1]监狱吧。"

"挺大的监狱啊。"

在我们的视线前方，远处的海面上漂浮着一座巨大的灰色物体。直径大约有好几百米，就像一个全用水泥做成的购物中心模型一样粗犷，由许多层叠在一起。虽然能看到好几处长长的斜坡和螺旋状楼梯似的东西，但没有往来的车辆行人。我们从那辆破车里出来时之所以能迅速确定自己进入了"里世界"，这座古怪的建筑也是其中一个原因。

"那个……鸟子，步枪拿出来吧！"

"嗯……是呢，以防万一。"

"以防万一。"

鸟子爬起来，从包里拽出了装着步枪零件的小包。我坐在躺椅上望着她麻利地组装着。

"不好意思，一直麻烦你。"

"空鱼你也学一下比较好，我会教到你能摸黑进行拆卸和清洗。"

"我并没有想要做到那种程度，谢谢。"

把装满了5.56mm口径子弹的弹匣装好，按下空仓释放钮。这个因为练过，我也能做到。将随时可以击发的M4 CQBR上了保险，靠在沙滩伞伞柄根部。鸟子也一样准备好了自己的AK-101，躺回椅子上。

---

1 Alcatraz Island，又叫鹈鹕岛，位于美国加州旧金山湾内。

"OK，这样就好了。"

"要喝点什么吗？"

"啊，也对！来干杯吧。"

我打开保温箱，拿出两罐奥利安啤酒。嘶地一声拉开拉环，我们互相碰了碰杯。

"耶——"

"干杯——"

为了什么干杯？

算了，什么都好啦。

只要无视身在"里世界"这件事，啤酒好喝，海风清爽，在景色优美的沙滩和鸟子度过二人世界，不是最幸福的事吗？

"哈——翘掉大学的课在冲绳喝的啤酒超好喝，我要不行了。"

"要不行了呢——"

"本来打算就这么坐飞机回去的，但仔细想想我要拿枪怎么办啊？"

"昨晚喝酒时我们说要拆开寄邮件或者快递来着。"

"欸，不行吧，从冲绳发出的话要空运，会经过 X 光检查的。就算要拆解，那也得做得很高明才行。尤其是子弹什么的轮廓被看到就完全暴露了……"

我被自己的极度反社会发言吓了一跳。

"啊哈哈，果然喝醉的时候进行讨论也是白费啊。"

"幸好没有付诸行动……虽然很可惜，也只能扔掉了。"

"那要不，我们从'里世界'回去？"

"呃……从这里吗？"

我转过头，看向身后。我既不想踏进那片横亘在海之家后门的密林，也不知道这条沿海公路通往哪里。

"不太行吧……要是这里和我们认识的地方连在一起就好了。"

"想从高处看看呢。"

"嗯——差不多那座灯塔的高度？但也没有看起来那么高啊——"

我慢悠悠地喝着，快喝完第一罐啤酒时，鸟子从躺椅上直起了身子。

"要不要去海岸边？"

"好啊。"

我和鸟子从沙滩伞的影子底下出来，走近了大海。以防万一还带上了马卡洛夫手枪。

海水清澈，平浅的沙地一览无遗。

我在沙滩上找到一个贝壳，把它扔进了海里。没有"咻"地冒烟，于是我慎重地用凉鞋底碰了碰海水。

"好像没事。"

"太好了。"

鸟子脱掉凉鞋，光脚踩进了水里。

为了防止有什么从海里袭击过来，我把意识集中到右眼，但没有看见特别可疑的动静。于是我也跟在鸟子后面踏进了海里。海浪冲刷着脚踝，冰冰的很舒服。

我走到鸟子旁边，海水漫过了她的大腿。鸟子注视着海浪的来处——海平线的另一侧。

"这片海通向哪里呢？"

"'彼界[1]'什么的吧。"

"那是什么？"

"冲绳的死后世界，之类的。"

我随便说了一句，换作民俗学的教授听了大概会被骂，但鸟子信服地点了点头。

"就像是世界尽头一样的地方呢。"

她喃喃道，这句话不知为何拨动了我的心弦。

在这片位于世界尽头的海滩上，只有鸟子和我两个人。

如果能在这样静谧的地方一起生活，那永远留在这里也不错……

这个想法忽而掠过心头。

"没想到自己竟然会在海边玩得这么开心。"

听到我这么说，鸟子惊讶地看着我。

"为什么？"

"之前总觉得海这种地方不是我该待的。一大堆喜欢热闹的人，

---

1 原文为冲绳方言。

很恐怖。"

"不恐怖啦。"

"对鸟子来说可能是吧。"

我觉得很恐怖，恐怖到只是穿个泳衣就能烦恼成那样。

"有一首歌叫作《Underground People Summer Holiday》（地底人的夏日假期），歌词写的是御宅族、家里蹲等生活在暗处的人在盛夏来到海滩游玩，我很喜欢这首歌。"

"鮟鱇人（Angler People）[1]？会从海里爬上来吗？"

"嗯？不，他们不是来自海里……就正常地在陆地上。"

"啊，他们能用肺呼吸啊。"

"嗯，可以，肺呼吸这种程度就算是地底人也……算了，总之谢谢你带我过来。"

虽然感觉她好像误会了什么，不过算了。

"你能开心真是太好了。因为一直让空鱼惯着我，我还担心会不会被你讨厌呢。"鸟子开心地说，"能和空鱼一起过来，我好高兴。虽然经常和双亲一起去海边，但和朋友一块儿还是第一次。"

"是吗？"

没和冴月来过吗？我想发问，最后还是放弃了。

"所以我才无论如何都想和你来海边。因为交到了空鱼这个朋友，

---

1 "地底人"与"鮟鱇人"日文发音相似。

所以想和你一起做所有朋友会做的事。虽然可能是硬拉着你做的。"

"啊，你自己也发现了吗？"

"果然是硬拉着你啊……"

鸟子对庆功宴异常的执着，也是因为自己心中的"朋友"形象吗？她的做法似乎有些跑偏了，但我也没有立场去说人家。应该和"朋友"做些什么，我自己也不太清楚。

"……那，难得有机会，我们把在海滩能做的事都做了吧。"

"嗯！"

对我的提议，鸟子雀跃地高声应和。

5

我能想到的，在海滩和朋友做的事清单：

· 喝酒 → 已经在做了

· 烧烤 → 没有道具

· 沙滩排球 → 没有球

· 玩沙子 → 想要个铲子

· 沙滩抢旗 → 太累了

· 搭讪 → ……

咦？竟然没有能做的事。

所以我们最终选择了一边喝酒，一边朝着海面打靶。

漂浮在波涛间的大块浮木成了靶子。5.56mm口径步枪的射击声响彻雪白的海滨。我从白马营处得到的——不，因为是以"逃离如月车站期间借来用用"为名，准确来说是有借无还的——M4 CQBR，这时才第一次派上用场。

瞄准镜中，浮木载浮载沉。每次扣动扳机枪身便一震，怎么也打不着。

"不要只用手臂支撑，要把枪托紧紧贴在胸前。这样一来就能用全身抵消反作用力。不要害怕，放松，就像紧抱着枪一样。"

在单手拿着第三罐Chu-Hi的鸟子的教导下，我一枪一枪地开。

靶子周围出现了好几道水柱后，终于，浮木的表面迸开了。

"打中了！"

"Good！"

我和鸟子击掌庆祝。这样就够了吗？算了，鸟子看上去也很开心。

"那这次轮到我了。"

她把Chu-Hi放到一边，端起AK，开始砰砰地射击。

我小口喝着泡盛酒兑冰咖啡，一边观赏着，转眼间粗壮的浮木便四分五裂。和我的枪不同，鸟子的枪明明没有瞄准镜，却弹无虚发。

等鸟子打完，我拍手相迎。

"厉害厉害！"

"嘿嘿嘿。别看我这样，一开始完全打不中。是妈妈教我的，费了一番功夫呢。"

"你母亲很擅长教学啊。"

"不，也不是那样。硬要说的话，妈妈挺笨手笨脚的。"

"是吗？我也想再打打看。"

我把酒瓶递给鸟子，端起 M4 朝瞄准镜看去。在放大了四倍的视野中锁定目标……

"嗯？那是什么……靶子前面，浮着什么东西？"

浮木的另一边漂浮着一个庞然大物。是一块略圆的白色物体，被波浪冲刷着，看上去好像长着毛。我以为是什么生物，但它只是浮在那里，一动也不动。

"确实好像有什么东西，要打打看吗？"

"嗯？"

我们正犹豫着，风中传来了声音。

听上去很轻浮的，好几个男人的笑声。

我们面面相觑。

有什么人在吗？除了我们俩以外——

这么想的一瞬间，强烈的不快感涌了上来。

笑声还在继续，接着传来了击打柔软物体的钝响和含混不清的悲鸣。

鸟子把头转向从海之家延伸出去的防波堤。

"是那边。"

她从躺椅上把马卡洛夫手枪拿起来,毫不犹豫地走了出去。我也慌忙跟在后面。

"要怎么办?"

"不知道,但好像发生了什么纠纷。空鱼你不要看比较好。"

"别看我这样,我见过的各种恐怖的东西可比鸟子要多哦。"

听我这么说,鸟子稍稍回过头,一脸惊讶。

怎么样?我得意地想。

"空鱼,你能对人类开枪吗?"鸟子说道。

"欸?"

"人类。"

……我能吗?

我无法马上回答。我一边苦思冥想一边回到沙滩,登上石阶,走到防波堤上。人影马上映入了眼帘。而且,有不少人。

在站着的四个人脚下,有三个人跪着。

全都是男性。

站着的四人身穿运动衫或背心,脸被晒得黝黑,留着染过的莫西干头,还有的是光头。倒地那三个体格稍微小些,大概是中学生吧。其中两人以不自然的姿势躺着,一动不动。另一个人蜷缩着身体瑟瑟发抖,莫西干头像踢足球一样狠踹了一下他的脑袋。

头部被踢中,发出撞击水泥地的声音。

"住手！"

我前面的鸟子大声说，双手举起了马卡洛夫手枪。

那四人回过头。看到他们面向我们的视线，我本能地僵住了。

这些家伙很危险。是叫"灰色集团"吗？他们的目光感觉比被称作"不良"的那些人更为暴戾。

"从那些孩子们旁边离开，不然我要开枪了。"

鸟子的声音十分冰冷，比遇见肋户那时更有魄力。第一次见到认真的她。我感到脊背发凉。

"rén kē niǎo zǐ 你好啊！"莫西干头男子用尖利的声音说道。

从陌生的灰色集团成员口中突然说出了鸟子的名字，我和鸟子吃了一惊，停下了动作。

其他男人们也都相继开口。

"喂喂，别太得意了！"

"干吗？想死啊？"

"哎哟，还挺有种啊！一点都不怕我们吧！"

穿着背心的男人盯着倒地不动的少年的脸，提高了声音。

"呜哇，这家伙死了耶！"

"糟糕——杀人啦——"

"真没种——"

"下一个就是她咯。"

灰色集团的成员们阴笑着凑了过来，似乎毫不在意对着自己的枪。

是以为枪不是真货吗？还是觉得我们不敢开枪？尽管如此，没人提及枪的事让我感到很不对劲。不，比起这个，为什么他们知道鸟子的名字？

在我陷入混乱的那一瞬间，男人们已经来到了我们跟前。或许因为被抢占了先机，鸟子也没来得及作出反应。

男人向鸟子伸出手，看到他脸上浮现出下流的表情，我脑子里倏然冷了下去。

我举起枪，对准目标，扣下扳机。

M4一震，吐出的子弹没入了带头的莫西干头男子的脖子里。枪口弹开了，第二发没有打中。

我无视当场砰然倒下的莫西干头男子，把枪对准第二个人。压低枪口，瞄准腹部。这么近的距离，目标很大，但我还是开了第三枪，子弹打中了他的大腿根部，第二个人绊了一下倒下了。

鸟子也开了枪。马卡洛夫连射两发，命中了背心男的胸口正中，她一边后退，退到我身旁时又开了两枪。第四个人的头朝后仰去，躺倒在水泥地上。

枪声的回响逐渐消失，倒地的四个人没有动弹。我喘着粗气，硝烟的气味钻入鼻腔。

"……开枪了。"放下M4，我低声道。

"没……没事吧，空鱼？"

鸟子担忧地把手搭在我的手臂上。

"嗯，没事。"

"真的吗？"

可能是我回答的声音太轻了，鸟子的表情变得越发担心。

"那个，要怎么说呢，我这个人，对于想破坏自己的人，是非常下得了手的。"

"破坏——"

"不只是物理上，精神上也是。"

我想要解释，却说出了奇怪生硬的词。鸟子的眉毛变成了"八"字。

"对不起。其实本来该由我来开枪的，对不起。"

不要露出那么为难的表情啊，鸟子。

鸟子的手放在我的手臂上，我把自己的手覆在上面。

"鸟子也打算开枪的对吧？知道你进入认真模式了，所以我也开了枪。只是偶尔反应慢了一拍，我掩护了一下而已，结果 All right。"

"可是——"

鸟子还想说些什么，我举起手打断了她。

"而且，这些家伙不是人类。"

"欸……"

把意识集中到右眼，倒地的男人们就变了样。渔网碎片、干枯的海草、洗衣粉瓶、褪色的浮漂和钓钩——总之，全都是些海边的垃圾，它们搅和在一起，成了人的形状。

这些家伙肯定也和时空大叔那时候一样，是以人类模样出现的"里世界"现象。

"开枪前一刻我突然灵光一闪，总觉得从一开始就有些违和感。刚才我们一直在砰砰射击，他们却像完全没注意到一样。说的话看似符合当前的状况，又微妙地不太对劲。"

"是这样的吗？在我看来他们就是人类。"

鸟子正说着，还留有头的那两块物体保持着倒地的姿势，猛地抬起头咬牙切齿地叫道：

"喂，快干掉她们！"

"接下来海岸之王就要出场了！"

毫无防备的我吓得飞起，说不出话来。

鸟子唰地单手举起马卡洛夫开了枪。砰砰连着两声枪响后，两个头弹飞了。

"哈——真是的！"

或许是因为被吓到而感到不甘心，鸟子不耐烦地提高了声音。我惊魂未定。

"吓……死我了。"

"吓了一跳吧。没事的，慢慢呼气。"

鸟子的左手上下抚摸着我套着防晒服的后背，她的手也在微微颤抖。

"这样一来，我也能确定它们不是人类了……咦？也就是说……"

她的视线从那些"灰色集团成员"转向前方倒着的三名少年。

我点点头。

"那些也不是。"

"开玩笑吧，我还想看看他们有没有气呢……说起来，本来不就该早点确认这个吗，我到底在干吗啊。"

必须振作起来，鸟子自言自语着拍拍自己的脸颊。确实，如果是平时的鸟子的话，在确定打倒了敌人之后，马上就会去检查伤员的情况吧。

这时，从海岸的方向传来了砰的一声。

朝那边看去，岸边躺着一个刚才还没有的庞然大物。

那东西有卡车那么大，圆圆白白的，只能说是一块肉块。伴随着海风，腐烂的腥臭味扑鼻而来。

蓝色的海，白色的沙滩，神秘莫测的巨大肉块。我的大脑跟不上这种异样感，呆住了，感觉天空的蓝色好像越发深邃起来。

不是错觉，真的越来越深了。蓝色的蓝过于鲜明，已经可以称之为黑色。

直到这时我才终于发现，那片天空并不是真正的天空。和风车女那时一样——从我们刚来到这里时，头上就已经充满了来自"里世界"尽头的那种蓝光。我们竟然在这种地方悠闲地度着假吗？

幽暗的蓝色覆满了天空，海边沉入了黑夜。

"要发生什么了？该怎么办才好？"

听到呻吟似的声音，我回过头，倒地的三个少年其中一人不知什么时候已经站了起来。背后是昏暗的大海，只能看见漆黑的剪影。用右眼看去也没有变化。在他脸上，只有雪白的牙齿在闪闪发亮。

"你尸道吗，深夜的远海，非常耀眼哦。"

人影淡淡地说。"你尸道吗"这个极具特色的句子唤醒了我的记忆。在以海为舞台的网络传说中，这也是最让我感到不适的一个故事——《在须磨海岸》。没错，那不是在冲绳而是在神户的海边，是被暴走族所袭击的三名初中生中幸存的其中一人所讲述的故事。

"对方应该意识到我们了吧，关于那一点啊，虽然是个让人不快的故事。"

人影一边说着支离破碎的话，一边疯狂地挥舞着手臂。

"空、空鱼，这是什么……"

鸟子的声音里透着惧意，我也是。我拼命回忆着那个故事，之后发生了什么来着……

"跟你们说这些也不懂，但到了晚上 rùn jiān yà yuè 也会来，zhǐ yuè kōng yú 怎么办呢？"

"冴月？"

鸟子轻声说。黑影说出了我的名字，察觉到个中含义，我背脊一凉。

"鸟子，你还记得吗？之前差点被风车女吞噬时，你所说的话。"

"欸？"

"蓝色光芒的那一边有着什么东西，通过让人类感到恐怖、发狂来与我们进行接触（contact）。你当时是这么说的，还记得吗？"

鸟子面无表情，一言不发地回望着我。

几秒后，在我的手掌下，她的皮肤浮起了疙瘩。

"哈……"

鸟子喘息似的大口吸着气。圆睁的双眼赫然写着，她想起了自己在疯狂状态下所说的胡话。

"啊、啊——"

"振作一点。这、这个很不妙。'它们'想让我们发疯，很明显锁定了我们俩。'它们'在对我们进行个体识别！"

"因……因为想起这件事，我已经快要发疯了啊？！"

"对……对不起！我没有自信能一个人消化——"

"没关系啦！真是的！"

站在防波堤上的人影动作逐渐变得激烈。它的头嘎吱嘎吱地摇晃着，脖子就像要折断了似的，它尖叫起来。

"夜光虫什么的，乌贼什么的，飞鱼什么的在深夜的海面会超级亮就是了。超级亮哦，就像星空一样哦！你知道吗？"

因为太过恐惧，不知不觉间我们互相抓紧了对方。

不知从什么地方，响起了念经似的声音。

"An——Mio——Ji——"

从海之家的方向传来了嘎吱嘎吱、啪嚓的吵闹声。

"——楼梯！"

在鸟子脱口而出的同时，我也想到了一样的事。

从那个楼梯上，有什么东西正踢开堆积如山的食案和用过的茶碗从二楼往下走。

东西碎裂的声音刚停下，从海之家里冲出了小小的人影。

"Jio——Mi——Sin——"

用震耳欲聋的声音大叫着的，是浑身赤裸的小孩。明明处在黑暗之中，不知道为什么，我却知道它全身是绿色的。小孩挥舞着双手双脚，以猛烈的势头冲向我们。

我和鸟子终于憋不住发出了尖叫。

好可怕，无比的可怕。我快要发疯了。之所以还能勉强撑住，或许是因为眼前发生的事源于自己读过的网络传说中的描述。

我死命压抑住自己想闭上眼睛当场蹲下的冲动，用右眼看向那个全身绿色的小孩。棉花包裹着干透的黑色带子一样的东西悬浮在半空中。用 M4 射它，黑暗中白色的棉花砰然散开。鸟子也一边大叫着一边扣下了马卡洛夫的扳机。干水母似的黑色块状物中弹炸飞了，与此同时，在我的左眼中，绿色小孩变薄变平，消失无踪。

鸟子手里的马卡洛夫子弹已经全数击发，套筒复位。虽然没有数过，但我的 M4 子弹应该也所剩无几。

"鸟子！我们逃！"

"往哪里？！"

我站在防波堤上拼命凝神观察，有没有银色的闪光。这时候通往哪里都好，如果有回"表世界"的"门"的话——

我的目光停留在了一个出人意料的地方。在海滩正中央，我们刚才悠闲躺着的沙滩伞根部，有着微弱的银光。

为什么在那种地方？来得也太是时候了，是陷阱吗？

不，不对，那是——帽子！装在行李里面的，八尺大人的帽子！

"跑到沙滩伞那边！"

我说道，鸟子用力点头。

我们手牵着手跑了起来。虽然很不情愿接近海之家，但我们还是顺着防波堤跑回，折返，顺着台阶跑下了沙滩。回头一瞥，果不其然后悔了。在海之家的狭小缝隙间，许多绿色的小孩正看着这边。

建筑物的墙缝里密密麻麻地塞满了裹着棉花的黑色带状物，用左眼看去——也就是在一般人的眼中，就成了这样一幅光景：本不能站人的每一条缝隙里，都有全身绿色的小孩在看着我们。这不是正常人该看的东西。

"别看海之家，绝对不要看。"

"我已经看了！"鸟子用嘶哑的声音叫道。

我们在沙子里深一脚浅一脚地朝沙滩伞跑去，站在防波堤上的影子俯视着我们。似乎是倒地的那些站了起来，又成了7个人。

"啊——啊——啊——"

人影们发出哭号，像婴儿，又像是乌鸦。

在海岸前方，另一侧的防波堤前方，灯塔亮了起来。缓缓旋转的圆锥形光线长长地横跨过沙滩，舔舐着海之家后面横亘的密林。

我们终于跑到了沙滩伞旁边。鸟子抓起丢在躺椅上的 AK，卸下弹匣，语气焦急地说："啊啊，真是的，打完了……"

刚才打靶时应该已经把 AK 的子弹都打完了。虽然还有多余的子弹，却没有备用弹匣。我们也没时间装填了，我把自己的 M4 递了过去。

"用这个！应该还没打完。"

"空鱼你呢？"

"我从行李里面把帽子找出来，这段时间你来望风！"

"……OK。那个，你先看看海那边。"

我转过头，发现肉块接二连三地从远处被冲了过来。沙滩各处，已经有好几块搁浅在岸边，被自己的重量压瘪了。这些肉块的表面都覆盖着长长的毛发，裂开的肉中间支棱出了骨头。

格罗布斯特（Globster）……人们这么称呼那些被冲上海岸的神秘肉块。有人说那是鲸鱼的脂肪，也有人说是某种未知生物的尸体，目前已有好几块"格罗布斯特"被发现，所以这与其说是怪谈，不如说是海洋生物学或神秘动物学领域的问题。

来自灯塔的光线抚过沙滩，被灯光照射到的格罗布斯特发出咯吱咯吱的声音蠕动起来。那些怎么看都没有生命的肉块颤抖着，接连长出了未知的器官，螃蟹似的眼柄、毛虫似的步足等。

"这也太吓人了吧……"

我呆住了，下意识地说道。似乎听见了这句话，肉块表面长出的几个眼睛滴溜溜地看了过来。我哆嗦着把脸转开了。

这片海岸已经没有能称得上安全的地方了。我把手伸进行李中摸索着，抓住了装有帽子的密封袋，把它拉了出来。

打开密封袋，取出帽子，展开。银色的磷光包裹着八尺大人所留下的奇异物品，这是现在唯一一样能派得上用场的东西了。

"要怎么办，戴上它逃跑？"

鸟子问，我摇摇头回答。

"不知道能不能用它离开'里世界'，而且这样做太花时间了！"

"那——"

我绞尽脑汁。按我的推测，"里世界"的奇异物品和变异点发出的银色光芒代表两个世界的接点。因为在第一次来到如月车站时，我们抓住了银光，回到了"表世界"。

这么说来，这顶帽子也是一样的吗？

我把帽子翻过来放在地上。

"顺利的话，我们能用这顶帽子做一扇'门'。你抓住帽檐稍微往外的地方试试。"

"这样吗？"

鸟子颤颤巍巍地抓住了磷光，我轻轻把自己的手放在她颤抖的左手上。

"跟着我做。"

我小心谨慎地引导着鸟子的指尖，逆时针旋转，像在打圈一样。

"这样可以吗？没事吧？"

"可以，把注意力集中到指尖，不要松手。"

在我的眼中，透明的指尖正在解开银光。帽子本身也与光芒一同解体，成了螺旋状，宛如削苹果皮的情景。

周围的格罗布斯特相继长出了附属肢，正摇摇晃晃地站起来。有什么叫声类似乌鸦的生物在上空聚成一群，哀鸣着盘旋。灯塔的光正从沙子上逼近，总觉得如果我们被那束光照到，会发生极其骇人的事。

"空……空鱼，帽子——"

在鸟子眼中，帽子似乎也以奇妙的形状散开了。形成的旋涡深不见底。凝视这个旋涡，视线会被吸往中心，周围空间里的一切也被卷了进去。

身体摇摇晃晃地歪倒，随即，我们向下坠落。

后背突然受到撞击，我发出一声痛呼。

我慌忙起身环顾四周。是沙滩——和刚才的沙滩不同。太阳刚刚下山，天空呈现出紫红色。虫鸣一股脑地涌入耳朵，是"表世界"！

身边是一样倒在沙滩上惊魂未定的鸟子。接着，周围有东西砰砰落下。沙滩伞和躺椅、保温箱，还有我们的行李和枪。

我猛地回过神来，开始找八尺大人的帽子。没有，没有！我焦急地转过身，猛地一惊。空中裂开了一个巨大的螺旋状口子，能看见"里世界"的沙滩。灯塔不祥的光照着海岸，形状诡异的肉块中混杂着漆黑的人影。

正当我僵在原地的时候，空中的"门"慢慢缩小，消隐无踪。

"得……得救了？"

鸟子保持着躺倒的姿势，喘着粗气说道。她似乎没看见"门"对面的情景。

"……总算逃出来了，好像。"

听到我的回答，她用手捂住脸，长长地叹了口气。

"哈——我还以为这次肯定完蛋了。"鸟子筋疲力尽地呻吟着，"这里是哪儿啊……"

"不知道……冲绳的什么地方吧。"

我也敷衍地回答。其实说不定并不是。这里好像比冲绳更安静，空气也更清新。或许不是冲绳本岛，而是某个孤岛。只要从包里拿出手机看看地图就知道，但我已经连这点力气都没有了。

天空中出现了月亮。从远处，传来几不可闻的放烟花的欢呼声，还有喇叭播放的音乐。在海岸的遥远前方，闪烁着色彩缤纷的烟花。陌生人享受夏夜的光景，第一次让我觉得如此可爱。

我看向茫然的鸟子，又把目光投向滚落在一旁的保温箱。

"那个……我们把剩下的酒喝了吧。"

"啊——嗯，同意。现在也没别的事可做了。"

明明我们喝了不少，却已经完全从醉意中清醒过来。

我打开保温箱，拿出剩下的一罐奥利安啤酒。拉开拉环，泡沫喷涌而出，我条件反射地嘬了一口，又顺便仰头喝了一口，把酒递给鸟子。鸟子坐起身，举起罐子咕嘟咕嘟地喝起来。一口、两口、三口。

"哈——活着真好，有好喝的啤酒。"

"确实是这样。"

我们瘫坐在沙滩上，分享着一罐啤酒，一边仰头看着南国的月色。

"八尺大人的帽子，不见了。明明要让小樱买下来的。"

"啊——好可惜。但托了帽子的福，我们才能回来。"

"话虽如此啦。怎么办，已经没钱了。得意忘形地买了泳衣什么的，还有宾馆的钱、回去的机票钱……"

我抱住了头，鸟子安慰地拍拍我的肩膀。

"没事啦，会有办法的。"

"你说会有办法，什么办法啊？"

"再到'里世界'捡点什么不就行了？"

"真亏你在遇到那么恐怖的事情之后，还能说出这种话啊？！"我不禁无语地说。

但，算了，鸟子还会去的吧。

并且我也一样，无论有多么恐怖的遭遇，也会再去的吧。

倾听着海浪缓缓冲刷海岸的声音，我如此想道。

把已经空了不少的啤酒罐递给鸟子时，我的目光被一团小小的银光吸引了。回头一看，歪倒的沙滩伞下有什么在发光。

捡起那个东西，是一个像玻璃一样晶莹剔透的海螺，约五厘米大小。凝神看去，看见了一个没有尽头的螺旋，不知通往哪里。我感到一阵眩晕，慌忙把眼睛移开。

"哇，好漂亮。"鸟子盯着我的手。

"小心点，这好像是来自'里世界'的'异物'。"

"真的？那，让小樱买下它吧。"

"欸？啊、嗯。"

"你看，我说了会有办法的吧。"

我斜睨着一本正经干完剩下啤酒的鸟子。

净耍嘴皮子……一边这么想，我一边在脑子里盘算着要不要把刚刚看见的"门"对面的情景告诉鸟子。

在联结着表里两个世界的洞穴关上的前一刻，我所看见的，"里世界"的海边——比身后黑色的天空还要更加漆黑的巨石城塞耸立于海上，周围开始亮起绿色的荧光。绿光的数量爆炸性增长，眨眼间就变得宛如星空般明亮。

在那片绿色星空中，浮现出一个站在海边的人影。

我记得这个身材高挑的长发剪影。

——闰间冴月。

孤身伫立在海边的，是在"里世界"失踪的，鸟子苦苦追寻的那个女人。

Otherside　Picnic

档案7
猫咪忍者来袭

1

"那个，请问是纸越学姐吗？"

我正在学生食堂吸溜着冷荞麦面，突然被搭话了。

惊讶地抬起头，桌子对面站着的陌生女孩看着我。她穿着短短的T恤裙，外面罩着一件很男性化的外套，给人天真纯粹的印象。假小子发型下是一双意志坚定的眼睛。

我瞬间陷入恐慌之中。

这谁啊？没有印象。叫我"学姐"，所以她应该是低年级的学生吧，但我和大一的学生完全没有交流。不，这么说来不管是大三大四，还是大二同级的学生，也都和我没有来往。

没有比被长相名字都想不起来的人喊着名字搭话更讨厌的事了。正当我汗流浃背，全身僵硬时，对方快言快语地又问了一次。

"不是纸越空鱼学姐吗？我认错人了？文理学院大二的。"

"呃……啊……是我。"

我语无伦次地回答。她松了口气似的点点头，报上名来。

"抱歉突然喊住你，我是大一的濑户茜理。有件事想和你商量一下，请问现在有空吗？”

“……商量？”

我没弄懂她的意思。

“那个……是什么事？我们没见过面吧？为什么找我？”

“因为我觉得这是学姐你的专业领域！”

自称濑户茜理的女生自顾自地拉开对面的椅子坐了下来。我可没说过自己有空哦，况且这边还在吃饭呢。

第一学期的考试结束后，校园里的人稀稀拉拉的。我为了节省伙食费和空调电费来到暑假仍然营业的学生食堂，结果就被素未谋面的人缠上了。

“‘专业领域’是什么意思？”

没办法，我一边用筷子拨弄着剩下的荞麦面一边问道。两人对坐时只有自己在吃东西，难受加倍。你至少点个什么啊。

濑户茜理对我的想法一无所觉，她探过身，压低声音说：“学姐，你有‘灵感’对吧？”

“哈啊？！”

我不禁发出了很大的声音。

“我听到传闻了，说纸越学姐你的研究主题是恐怖故事什么的。”

“你听谁说的，大二学生哪有什么研究主题……”

嘴上虽然这么说，但我确实记得自己告诉过别人这件事。对灵异体验有兴趣，喜欢没人的废墟之类的话。是在刚入学不久那几次被邀请参加酒会时，在酒席上说漏嘴了吗？当时自己还挺雀跃的，也还期待着能找到意气相投的好友。但因为不甚顺利，现在仍然独来独往就是了。

在自己不知道的地方被传了什么流言吗——我苦着一张脸，对面的濑户茜理接着说了下去。

"起初我想请学姐的朋友介绍我们认识的，但没找到。虽然有些没礼貌，但还是这样直接找——"

"你怎么知道是我？"

"啊，是这只眼睛！因为听说你有时会只戴一边的蓝色隐形眼镜。"

"哦哦……"

完蛋了——这么想着，我叹了口气。

因为与"扭来扭去"的接触而变成蓝色的这只右眼。由于它太过惹人注目，之前我都用黑色隐形眼镜遮了起来，但也有好几次因为睡过头或只是忘了戴，就这么来上学了。尤其是在考试周，因为太忙而一直以裸眼示人的关系，自己也开始嫌遮遮掩掩的很麻烦了。所以，今天的我也是裸眼。

衣服是随便穿的衬衫牛仔裤，却有着极其鲜艳的蓝色右眼，被盯上不要太容易。大家都以为这是扮成异瞳的彩色隐形吧。算了，正常人也不会接近我。

"所以，我想找你商量的是——"

"慢着。"

对方劲头十足地正打算说，我打断了她。

"抱歉，你误会了。我没有什么'灵感'。"

"欸？"

濑户茜理一脸惊讶地顿住了。

专程来向素未谋面、看上去不太正常的我搭话，也就是说……

①这孩子自己不太正常；②她走投无路了；③她有什么不好的企图。

……不管是哪种情况都很麻烦，我不想被卷进麻烦事里。

"我不是你想的那种人，请去找别人吧。"

"拜托你了，大家都说如果是纸越学姐，一定能帮我的！"

大家是谁啊？竟敢给我胡说八道。

"去寺庙什么的看看怎么样，驱驱邪之类的也行。"

"我去了！可完全没有效果。"

"那会不会是你的臆想……去医院看过了吗？"

"一开始我也以为是自己脑子不正常。但已经被袭击了好几次，快要没法把这当作是错觉了。"

"你说被袭击了，怎么回事？不应该先去找警察帮忙吗？"

"似乎不是警察能处理的东西。"

确实，我很喜欢遍览灵异体验和网络传说。但要接受别人的这类咨询就是另外一回事了，毕竟我也不是灵能力者什么的。

吃完剩下的荞麦面，放下筷子后，我不情不愿地问道："……你遇到什么麻烦了？"

"那是……"这次轮到对方含糊其词了，"那个，如果我说了，你肯定会笑我的。"

自己过来找我商量，事到如今在说些什么呢。有事快说。我不耐烦地喝了一口被冰块冲淡的麦茶。

"——我最近，被猫咪忍者盯上了。"濑户茜理吞吞吐吐地说道。

我差点没把麦茶喷出来。

"猫、猫咪——忍者？"

"是的。"

她一脸严肃地点头。

刚才想到的那三个可能性，又再次在我脑子里弹了出来。

①这孩子自己不太正常；②她走投无路了；③她有什么不好的企图……

正确答案是①。好了都散了吧，都散了吧。

……这是不可能的。

要说为什么，因为我读到过，有"猫咪忍者"出现的网络传说。

"猫咪忍者……不会真的有这种事吧？"

"学姐你也知道吗！"

我呆呆地嘟囔了一句，濑户茜理穷追不舍。

"嗯，知道是知道……"我向对方投以怀疑的眼神，问道，"你不是在设套骗我吧？那是有名的转帖吧，'猫咪忍者'。

大家听我说，在一个星期前发生了件奇怪的事。

先说好，我没有妄想症，也没有精神分裂，什么病都没有。
可别笑我啊，说真的。

最近，我被猫咪忍者盯上了。

这个帖子作为一个网络梗出现在各处。煞有介事的标题与内容反差太大，我第一次看时也不禁狂笑。

所以我考虑到了可能性③。是那些品性恶劣的家伙为了整我专门拿出这么一个梗来吗？现在在这附近，该不会有人正看着我的反应嗤嗤发笑吧。

我转过头，环视着冷清的学生食堂。一边吃着猪肝炒韭菜一边玩手机的学生、趴在桌子上睡觉的研究生模样的白衣人、正收拾托盘的食堂阿姨，没人在注意我们这边。

"很有名吗？"

对方一头雾水地问，我突然没了自信。尽管对我这种整天上网的家伙来说这个故事很有名，但对于不怎么上网的人来说或许并没有什么名气。

"不，那个，我不知道。"

对着含含糊糊的我，濑户茜理劲头十足地说了起来。

"忍者……是不是忍者我不太确定，但看上去总觉得很像。之前我还以为只是普通的猫，但它双脚直立着追了过来。"

"哦、哦。"

"而且好像不止一只，我很害怕就逃跑了所以没看清楚，但有好几只。入夜之后它们就会在我家附近闹腾，把窗户弄得嘎吱嘎吱响。"

……这故事怎么回事。

"从那之后，不管我去哪里，都感觉有人在跟着自己。我想这莫非是什么灵异相关的东西，也去了寺庙问过，但对方说稍微有点棘手。做了驱邪也没有效果。"

也是，毕竟是猫嘛……

"所以我觉得必须借助专家的力量，而且也有传言说纸越学姐你接受这方面的咨询。"

"所以这个传闻到底是从哪儿传出来的啊？"

我望着天花板叹了口气，从没想过这种事竟然会落到自己身上。明明已经避开了和麻烦人物的来往，那边却擅自传起流言，带来更大的麻烦——到底要怎么办才好啊？

"学姐，你觉得我该怎么办？"

"欸？不知道。"我下意识地说了实话，"话说回来，我不是告诉过你了吗，我没什么'灵感'，也不是什么专家。"

这么说着，我拉开椅子站了起来。

"抱歉不能帮上你，听这些对我来说也是一种打搅。"

"这样……啊。"

我用强硬的语气说完，濑户茜理沮丧地垂下了头。她看上去真的很为难，我感到迷惑不解。

不，但是，没法真把这个当回事吧？别的不提，偏偏说什么"猫咪忍者"。

听说近来毒品也流入了大学生群体中，这孩子看上去挺单纯的，说不定其实在搞些什么见不得人的事。好可怕好可怕。在对方突然发狂，强行要我买毒品之前回去吧。

"那、那……就这样。"

我轻手轻脚地把餐盘拿起来，尽量不要刺激到对方。在我正要走向回收处时，濑户茜理猛地起身，我浑身一震，僵住了。

"噫——"

她绕过桌子，径直走了过来，直直地站在了双手端着餐盘、动弹不得的我跟前。

"什……什么事？"

"这个——是我的电话号码。如果你回心转意了……愿意帮我的话，请随时联系我。"

她说着把一个东西放在了我的餐盘上，是潦草写着电话号码的粉色便签纸。没等我回答，濑户茜理就点头行礼，转过身头也不回地走了。

我呆呆地目送着她，少女在食堂出口突然停下了脚步，好像正盯着外面的什么东西。最后，她深吸了一口气，下定决心似的走了出去。

"整啥啊[1]……"

我用塑料关西腔自言自语地说。

不，说真的，整啥啊。累死人了。

把餐盘放回收处，我思考了一会儿。

……算了，对方都特意来咨询了，似乎相当为难。就留个电话号码吧。

我把粉色便签从餐盘上撕下来，一边把玩着一边走向出口。

我可真是温柔，有人情味……相当有人情味。我一边夸奖着自己，刚走出食堂，就不由得站住了。

夏日的阳光照耀着学生食堂门前的广场，屋檐下和灌木丛等阴凉处卧着些猫咪，是司空见惯的风景。从食堂和生协[2]出来的人会喂它们，所以这里一直是校内猫咪们的集会地点。

1　原文为"なんやねん"，关西方言，相当于"什么"。下文同。

2　生活协同组合联合会，日本的大学校内机构之一，在衣食住行等各方面为学生提供便利。

那些猫，全部，紧紧盯着我。

刚刚才听了那些话，我有些不安。

"……整啥啊。"

我低声说着，踏进广场，感受到了从四面八方投来的视线，明明来的时候完全无视我的。

虽然不觉得害怕，但待在这里让人不舒服。我在猫的注视下穿过广场，最后回头看了一眼。它们仍然全都紧盯着我。

"……真奇怪。"

我摇摇头，快步离开了广场。

手里的便签纸被汗濡湿了。

2

"——昨天，发生了这样的事。"

在小樱昏暗的房间里，我结束了讲述。

鸟子从刚才起就咯咯笑个不停。

"猫、猫咪！忍者！"

她趴在沙发的扶手上，笑得直吸气。

"有那么好笑吗？"

"因为！很可爱嘛！"

完全不知道哪里戳中了她的笑点，总之对方好像非常吃这一套。

真是个奇怪的家伙。

"猫咪忍者啊……很套路嘛。小空鱼，就算别人邀请你也别去哦，本来就不太正常了。"

"不会去的！我也没有不正常！"

小樱还是一如既往的没礼貌。今天的她正用吸管喝着盛在巨大玻璃杯里的可乐，夏天似乎是正常地冰镇之后喝。

"难得我们买了那么多冲绳特产来给你，不觉得过分吗？"

"半个月前的事你到底要说到什么时候？"小樱咯吱咯吱地嚼着玻璃杯里的冰块说道，"特产我就感激地收下了，但那时的深夜报社我可还没忘。"

"半个月前的事你到底要说到什么时候？"

"我是记仇的那种人啦。"

其实，我们已经有段时间没像这样聚在一起了。不仅是和小樱，从冲绳回来后我也没再和鸟子见过面，当时的我忙于上学期的考试，不是做这种事的时候。

因为在临近考试时好几天没去上课的缘故，说实话很辛苦。那些有朋友的人或许可以向其他人借自己不在那几天的课堂笔记……结果我最后不得不放弃了其中几个学分。

我和鸟子在那霸近郊进入了"里世界"，两人在避暑胜地享受了一番，之后差点发疯，好不容易逃出生天，到的地方却不是冲绳本岛，竟然是离本岛四百公里以上的石垣岛。虽然可以在第二天就乘飞机回东京，但因为在那片海滩的恐怖体验，我和鸟子的精神都受到了不小的创伤，非常萎靡。

我们需要休息，真正的休息……

因此在那之后，我们俩入住了附近的一家度假酒店，整整待了三天。是货真价实的度假酒店，不是那个纽约风的小民宿那样的。

确实挺贵的。但，没办法。

用掉的钱就在"里世界"赚回来就好了。没错，这是为此而做的投资——我们达成了共识，住进了一晚十分昂贵的房间里，在泳池戏水，在池畔酒吧点鸡尾酒，沿着海滩散步捡珊瑚块，晚上就坐出租车去街上吃石垣牛肉和岛上的鱼肉刺身，给小樱发美食美酒的照片，尽情地玩了一趟。托游玩的福，得以恢复精神并回到东京，可以说是不得不花的时间吧……信用卡真是方便啊。

然而，在碰面后，小樱的心情极度糟糕。她大发脾气，说"别人在担心地等你们，你们怎么回事？还敢晒黑了回来，杀了你们"，在我们献上大量特产后怒气才得以平息。有些特产现在还堆放在小樱房间里的矮桌上。

"要是能帮上那个女孩子就好了。我也想见见啊，猫咪忍者。"

鸟子终于从大笑的状态中恢复正常，不负责任地说道。我皱着眉头回答她。

"我不要，我又不是什么灵感少女之类的。"

"你不觉得这件事与'里世界'有关吗？"

"欸？不可能吧。那可是猫咪忍者啊？一点都不恐怖嘛，我们至今为止遇见的家伙都很恐怖。"

——嗯？

我说的话让自己产生了些微的违和感。

为什么呢？明明没说错什么。

"上次好危险的，还以为真的要发疯了。"

鸟子说着打了个寒战。

回忆起当时的感觉，我也没法保持冷静。风车女事件中小樱所体验过的"花田"也是一样的感觉吗？惊悚的事件接二连三发生，恐怖的饱和攻击——假如真的被击溃了的话，现在的我们会变成什么样？冲到海滩上的肉块，呼唤着我们名字的黑色人影，尖叫着跑过来的绿色小孩们的脸，在我脑海里——

"……空鱼？你没事吧？"

"抱歉走神了，你刚才说了什么来着？"

"我说猫咪忍者是不是和'里世界'有关。"

"哦哦……"

我从桌上的特产里拿出一块石垣岛盐味的番茄干放进嘴里，咸味和甜味让我的意识逐渐清醒过来。

在回忆恐怖经历的同时失去意识，这样的状态我们在石垣岛上时体验了好几次。已经知道该如何应对了，只要把注意力集中到自己当前的感觉上就行。我们之所以结束度假回来，也是因为在四处游玩什么也不想的过程中，两人的症状都基本上消失了。虽然似乎并未完全治愈，但这种程度的症状还能应付得来。

鸟子耐心地等着。我嘴里咀嚼着番茄，把自己的心绪拉回原来的对话里。

"啊，那个，如果和'里世界'有关，我就更不想深入接触这件事了。毕竟现在没有枪。"

没错——最近我一直赤手空拳。

在从石垣岛回东京时，枪的处理成了一个问题。即使拆得再散，在机场过 X 光检查时零件的形状也有可能被看出来。所以最后我们选择了船运。

两挺步枪和两把马卡洛夫手枪，还有子弹。鸟子把它们拆得七零八落，分成四个小包裹用邮船寄出了。当时考虑过我们自己也坐轮船优哉游哉地回去，但已经不能再缺课了，就选择了飞机。

枪运到东京需要四五天。以防万一，填的是临时地址，位于滨松町站的快递寄存柜。

"已经拿回来了吗，鸟子？"

"早拿回来了，姑且只带了马卡洛夫过来。"

"谢了。"

鸟子把装在 Dean ＆ Deluca[1] 纸袋里的马卡洛夫手枪递给了我。仅仅握住枪把，心头就涌起一股安心感。我已经完全习惯了它的重量

---

[1] 一家高档连锁食品超市。

和形状。

我兴奋地把 9mm 口径的子弹装进弹匣里，小樱无语地说："听你们说把枪分开邮寄时我还想会变成什么样，会不会填我家的地址，担心得不得了。"

"都说了那种事我们不会做的啦。"

"那可说不定。特产就是直接寄到我家来的吧。"

"什么能寄，什么不能寄我还是知道的。"

我恼火地抬起头时，发现小樱的桌子上放着一个手掌大的动物状摆件。上次来时还没有的，看上去像是陶瓷。

"啊，那个是什么？好可爱！"

我不禁兴致大发，小樱用得意的眼神看向我说道："是貉哦。还记得吗？前段时间小空鱼说过的，'那三个大婶其实是貉吧'。"

我记得自己的确说过这样的话。那是因为"里世界"的生物来到了小樱自家门口，我为了缓和她的恐怖心理而进行的安慰。

"起初我觉得这是蠢话，但后来发现一旦把这些当作貉的伎俩，就没那么恐怖了。我在附近的手工市场上找到了可爱的貉摆件，就买了回来。"

"就是为难以名状的恐怖赋予名称，加以控制的意思吧。"

"对对。托了这只貉的福，我现在睡得着了。"

小樱把摆件放在手中，怜爱地看着它。

这么一说，之前来的时候房子里的灯是开着的，但今天就像往常一样，玄关和走廊都很暗。我的安慰能派上用场比什么都好。

眼睛周围有着一圈黑色的动物站在小樱的手掌上，用为难的神情注视着我。可爱。这条粗粗短短、有着条纹的尾巴也……

嗯？

"小樱，这不是貉哦。"

"欸？"

"尾巴有条纹的是浣熊。"

小樱眨眨眼，把视线投向摆件。

"你在说什么？貉的尾巴也有条纹吧。"

"没有的。那个，是浣熊。"

"浣熊，就是翻垃圾箱的那种浣熊吧？那不是害兽嘛。"

鸟子毫不留情的评论让小樱一下子瞪圆了眼睛。

"少啰嗦——这就是貉！不管谁说什么它都是貉！"

"欸，可是啊——"

"干吗你们俩，唧唧歪歪的，是企图挑拨离间我和PONPOKO[1]的关系吗！？"

"不、不是，那个——"

糟了，正当我对自己说了多余的话感到后悔时——

门铃响了。

神情狂怒，正要从椅子上站起来的小樱突然间不动了。

1　PONPOKO常用于形容貉拍打肚子时的声音。

叮咚——铃声再次响彻屋子。

小樱小心地把"貉"放回桌上，轻点鼠标。多屏显示器的其中一面映出了大门口的样子。一个身穿 POLO 衫，头戴鸭舌帽的男人站在那里。

"……哪位？"

"您的快递！包裹很大，请问放在哪里？"

男人用毛巾擦着脸上的汗大声说道。好像是快递员……看上去没什么可疑的地方。

"包裹很大？"

小樱疑惑地嘟囔了一句，怀疑地看向我和鸟子。我们摇摇头，没有头绪。

她从椅子上下来，走向玄关。

过了好一阵子，小樱还没回来。"怎么回事？"我和鸟子互相询问，这时，从门口传来了一声大喊。

"过来一下，你们——两个人一起。"

她的声音像是在压抑着怒气，我们面面相觑。

带着不祥的预感穿过昏暗的走廊走向门口。出了门，小樱站在屋檐下狠狠地盯着我们。

"解释一下，那是什么？"

顺着她手指的方向看去，在杂草丛生的庭院正中，端坐着一台红白相间的机器。这台机器高约一点八米，呈"冂"形，两只脚下面有着小小的履带，像是交通工具。车体后方一左一右有着两个座位。

"说，这是什么？"

小樱塞过来的发票上写着小樱家的地址，怎么看都是我的笔迹。商品名称是"文明农机烟草管理作业车 AP-1"。

"……啊啊！"

记忆一口气苏醒了。在石垣岛的第二天，天刚黑就跟鸟子一起喝得烂醉如泥的我在街上发现了一家农机专卖店，在那里我冲动之下买了这台农用机械。

AP-1本来是把"门"形嵌在田垄两边移动，让人们能坐着就完成插秧、收获的农机。当时我正由白马营救援行动想到在"里世界"移动如果有交通工具就好了，见到在石垣岛各处的烟草田里来去的农机，感觉一股电流从身体中穿过。因为有履带，坑洼不平的地面也能前进自如，最理想的是，还有两个座位。哇，这不是超级适合我和鸟子吗？买了。

……信用卡真是方便啊。

"空鱼，你那时真的买了？"

就连鸟子都吓了一跳，这让我十分焦急。

"欸，鸟子那时也支持我买嘛……是吧？"

"嗯？当时发生了什么来着？"

不靠谱的回答。不，但我自己那时也喝醉了，对自己的记忆没有自信。

"我问的是，为什么地址要填我家啊！？"

小樱苍白的额头上浮现出了青筋。

"啊——那个，大概，因为我家没地方放，可能是吧，哈哈哈。"

"别哈哈哈了，这玩意儿怎么办？我是绝对不会认领的。"

"啊不，要用的要用的，我们要把它带过去'里世界'，所以。"

"怎么带？"

"在什么地方找一个能用的'门'，从那里……"

"什么时候？"

"什么时候是指？"

听到我的反问，小樱爆发了。

"我让你赶紧把这玩意儿弄走！三天之内，这玩意儿要是还在我家门口，你们就给我去把石神井公园的草割下来做成卷烟抽。立马去给我找'门'！"

3

"怎么找也找不到'门'呢。"

"之前想着要是附近有就好了，没有这么好的事吗……"

我们几乎可以说是被赶出了小樱的家，在那之后过了几个小时。在附近的石神井公园休息处，我和鸟子筋疲力尽地伸着腿坐在了铺着席子的地板上。

炎热的天气下来回走了很久，到底是累瘫了。从大敞着的走廊吹来了风，让汗湿的身体感到十分舒爽。

我面前放着装咖喱的盘子，鸟子面前是一个大号的荞麦面笼屉。两份都已经吃得干干净净。

"有啤酒耶……"

鸟子后仰着看向贴在墙上的手写菜单说道。平素干爽的金发今天因为出汗而贴在了后颈上。我不由得吞了下口水，慌乱地摇摇头。

"不不不……现在还太早了吧，现在喝酒就完了。"

"完了吗？"

"虽然我也承认这个提议很吸引人。"

先不论要怎么把 AP-1 搬进"里世界"，寻找方便使用的"门"在不久前就已经成了我们面临的课题。截至目前我们用于往来"里世界"的"门"有好几个，但多数都已经报废，有的又在冲绳，很不实用。比较稳定的只有神保町的那部电梯，但也不知道能用到什么时候。

位于"表世界"方便去的地方，并且经过表里中间的领域花费时间较短——这么理想的"门"也不知道有没有，但如果我的右眼就连"表世界"与"里世界"的接点都能看见的话，说不定也能用鸟子的左手强行撬开那个地方。用这个办法来寻找可能能用的"门"，又或者是自己开一个——我们怀着这样的目的从小樱家出发，在附近徘徊了几个小时。目前，就连类似的地方都没能找到。

"大宫区的'门'是废弃小屋的后门，神保町的是电梯，秩父的是神社的鸟居。要是'门'看上去就是门和通道的样子倒也好认。"

鸟子把手肘支在矮桌上说。她透明的左手上套着的短款防晒手套是丝绸的还是麻布的呢？虽然本人可能觉得烦，但看上去手感很好。

"但不一定呢。在新宿使用八尺大人的帽子时，我们也不知道'门'到底是从哪儿到哪儿。"

"嗯，从如月车站出来我们是跳进了电车，通往美军演习地点的'门'则是赛钱箱周围的整片空间。"

"去到那霸时我们是钻的树洞，没什么共同点啊。"

当时，我们突然从大楼屋顶上钻了出来，大吃一惊。虽然猜到自己会来到冲绳的某处，但没想到竟会是挤满游客的闹市区。还好没在装备着步枪的情况下出现在人群中。

说起来——从"里世界"回到"表世界"时，似乎不怎么经过中间领域的样子。去时需要进行特定操作的电梯，回去时却是直通的。硬撬开"门"的八尺大人事件和奸奸蛇螺事件中，也是眨眼间就回到了"表世界"。只有从如月车站回来时乘坐的电车例外。从表到里，由里至表——其中的不对称性是否有着某种含义？

我正呆呆地思考着，鸟子的视线投向我身后。

"啊，猫。"

我回过头，一只橘猫正从店外的树荫下走过。这只猫没戴项圈，但要说是流浪猫，毛皮又很光亮柔顺。住在这附近肯定不会没饭吃吧。外面有带小孩的家庭，喝着波子汽水的孩子靠近想逗弄它，橘猫不耐烦地加快脚步，消失在了树丛中。

"猫咪忍者，会不会用手里的剑什么的啊？"

鸟子说道，我摇摇头。

"它们好像是拿着锯齿状的刀具。"

"欸，好吓人。那算什么啊？"

"好像是那样的。"

"找你商量的那个女孩子说的吗？"

"不是，她没说，但……"

话音未落，我猛然回过神来。

刚才这是怎么回事？锯齿状刀具什么的，是从哪里听到的？濑户茜理可是一句话都没提——

"欸？咦？"

"空鱼。"

鸟子隔着矮桌探过身来，把右手放在我的脸颊上。她看着陷入混乱中的我，担心地说："没事吧？需要打你一耳光吗？"

"欸，为什么那么暴力？"

"我以为这样能让你清醒过来。"

"不，不用了。请你住手。"

我一边盯着鸟子挪开手，一边整理着脑中的思绪。

在小樱家谈话时感觉到的细微的违和感，我终于知道是什么了。

我想起来了。没错，作为搞笑段子在网上闻名的《猫咪忍者》，实际上本来是一篇怪谈。

《最近，我被猫咪忍者盯上了》——这篇帖子看上去像一段就完结了，其实是有后续的。发帖人在 2ch 的灵异版块上真的就自己被"猫咪忍者"盯上一事进行了咨询。那是手持锯齿状刀具，直立行走的猫。

受到这个梗的冲击，我也完全忘了那个故事。到底是怎样的故事呢？用手机也没能轻易搜到。那是一个深埋在网络传说的森林中的小小怪谈。我朦胧地记得，好像有好几名有志之士本打算拍下"猫咪忍者"的照片，但最终不清不楚地无疾而终了……

我如此这般地说明了一番，鸟子一脸"果不其然"的表情点点头。

"你看，这果然是'里世界'案件吧。我一开始就觉得不对劲，再怎么样，也不至于为了整蛊从没说过话的空鱼而找你商量那么奇怪的事。"

"哎，这么一说倒也是，但这不是马后炮嘛。"

"是空鱼你太迟钝了啦。"

听到对方失礼的发言，我绷起了脸。鸟子再次向我的脸伸出双手，我挥开她说道："别每次都要揉我的脸！干吗啊你？！"

"揉揉也没关系嘛。"

"有关系。"

"你不是拿了人家的联系方式吗，打个电话给她怎么样？"

"我不要，好麻烦。"

"你不帮她吗？"

"又没有和'里世界'有牵连的确切证据，只是推测而已不是吗？而且我们俩还有其他事要做吧。"说着我站起身来，"走吧，不早点找到'门'，我们可是要被抓去点杂草吸的。"

"这我可不要。"

"那个贝壳也得早点让小樱买下才行。本来今天我们就是为此而来的，却被赶了出来。"

在逃出"里世界"的海滩时，我们失去了八尺大人的帽子，相对地获得了一个透明的海螺。仔细观察，可以看见无限的螺旋，是"里世界"的异物。目前我们手里能换钱的异物就只有这一个。如果不平息小樱的怒火，就是暴殄天物。

"OK。那，关于那个女孩子，如果我们找到了'门'就帮帮她吧。"

"我会考虑的。"

"只是考虑而已吗？"

我和不满的鸟子一起出了休息处。刺眼的阳光让我皱起眉头，戴上了帽子。回头一看，刚才那只橘猫在草丛中一动不动地盯着我。

4

趁天色没暗的时候找出"门"，晚上就去喝啤酒好了。

我们将这作为心灵支柱，在酷热的石神井公园一带晃悠，但探索以失败告终。

坐在居酒屋里，我不去看桌子对面的鸟子，说道："还……还有一天呢，不要在意，接着找吧！"

"空鱼。"

"呼啊——啤酒真好喝！鸟子，我们明天去哪儿找？"

"空鱼。"

"在西武线沿线各站下车找找看？"

"空鱼同学，差不多该面对现实了吧？"

"是……"

我垂下头，把啤酒杯放在桌上。

我们在车站附近进了一家烤串居酒屋。看向窗外，大马路上的许多猫咪不由分说地映入眼帘。

发现情况有异是在出了公园不久后。

一只猫跟在了我们身后。

当然，是四脚着地的普通猫咪。因为刚才的话题，我有些不安。但当时还比较游刃有余，觉得它拼命迈着步子在阴凉处前进的样子很可爱。

然而，随着时间的经过，情况开始变得不对劲起来。猫的数量逐渐变多了，从一只到两只，两只到三只——从巷子里、从院墙上、从树荫里，新的猫一出现便加入我和鸟子"带头"的队列里。我们停下脚步，猫咪们也停下脚步。当我们想接近时它们便作鸟兽散，绝不让我们碰到。可当我们放弃重新开始行走时，不知不觉间身后便又排起了队。

因为实在太介怀身后的情形，结果寻找"门"也没有进展。虽然天色还没暗下去，但我们还是在傍晚六点就结束寻找，逃进了居酒屋。

店外，猫咪们各自懒洋洋地躺着。路人有的惊奇地喊出声来，有的拍起了照片。猫的数量有十只以上，颇为壮观。我坐在靠窗的位置疲惫地望着这幅景象，这时烤鸡肉串拼盘上了。

"这绝对，是因为空鱼听到了那件事的缘故。"鸟子一边对葱段烧金枪鱼大快朵颐一边说。

"说不定只是猫偶然想闻闻烤串店的味道呢。"

"你能不能不要用自己都不相信的说辞来反驳我？"

"是……"

我无言以对，沮丧地吃起了鸡胗。

"里世界"的存在会读取我们脑中的恐怖形象，以鬼怪的样子出现——如果这个假设是正确的，或许"猫咪忍者"确实符合这个套路。

"虽然不太清楚，但我们已经被卷入了这起事件哦。来找你商量的那个女孩子，是叫濑户来着？和她联系一下比较好。"

鸟子一边说着把脸凑近窗户，注视着外面的猫们。

"目前还没有看上去像忍者的猫咪，但很快就会出现吧。又或许那些猫咪会突然直立起来，拿着刀袭击我们。"

"把刀藏在毛里面，与其说是恐怖不如说吓人一跳。不会有这种情况吧。"

"不管是哪种情况，我觉得都是十分反常的。打个电话吧，有必要的话现在打也行。"

"唔……嗯——可是……"

我表现得很抵触，鸟子露出了担忧的神情。

"空鱼，你怎么了？总觉得怪怪的。"

"没有怪怪的。"

"不对，换作平时你会说这说那的，有人遇到困难也会出手相助不是嘛。为什么只有这次这么不情愿？"

"……"

"空鱼，告诉我。"

被鸟子直直地看着，我不情不愿地坦白了。

"……我不擅长对付出现猫的怪谈。"

"欸？你讨厌猫吗？"

"完全不讨厌，不如说喜欢。正因为喜欢，才不想经历与猫相关的恐怖体验。不想变得害怕猫。"

"OK，原来如此。但如果与'里世界'有关的话，就算外表是猫，实际上也会是另一副样子，不是吗？"

"这样一来不就必须开枪了嘛。"

"欸？"

鸟子惊讶地反问了一句，我咬着芥末味鸡胸肉一边低声嘟囔道：

"因为猫很可爱，所以不想开枪……"

她盯着我，眨了眨眼，缓缓点头。

"明白了。交给我吧，万一空鱼遇到了危险，那时我会——"

"等……等一下你说什么呢。"我难以置信地回望着鸟子，"鸟子，你不觉得猫可爱吗？"

"可爱啊。但动物比人类要强，所以不能疏忽大意。"

"就算是这样，把枪口对准猫也有点太……"

"空鱼，你振作一点。我概念里的是拿着锯齿状刀具袭击我们的猫形怪物哦，不是躺在那边的猫咪们。"

"唔。"

"虽然不清楚什么状况，但这样拖下去说不定那些猫咪们也可能会变成敌人。你喜欢猫咪吧？你愿意就这么对猫心怀恐惧度过一辈子？"

"我……我不想这样。"

"那就打电话，要做的事只有一件对吧？找到'猫咪忍者'，用空鱼的右眼揭穿它的真面目，击败它。这样一来就解决了，很简单吧。"

"唔。"

"如果空鱼你不想打电话那就我来打，告诉我电话号码。"

"唔……我知道了，我来打。"

我终于放弃抵抗，拿出了手机。

把还塞在口袋里的便签纸拿出来，深呼吸之后，照着上面写的号码打了过去。铃响三次后对方接了起来。

"——你好，我是濑户。"

"那、那个，我是……纸越。"

"啊，学姐！你打电话给我了！"

没想到对方的声音非常明快，我一下子泄了气。电话那头传来叮铃咣啷的生活噪声，她住在老家吗？

"那个……关于昨天商量的事，你现在有空吗？"

"有的！是猫咪忍者的事吧。"

"嗯……嗯，情况有什么变化吗？"

"仍然是老样子……学姐你那边怎么样？有没有看见什么？"

"'什么'？"

"那个，用灵视之类的能力……"

原来说的是这个。我还以为自己右眼的能力被人得知了，一瞬间吓得不轻。

"都说了不是灵视。"

"但，你同意帮我了是吗？"

"希望你不要做过多的期待。总之我们见个面谈谈吧，能到池袋附近来吗？明天怎么样？"

"好的，我去！非常感谢！"

"呃……嗯，地点和时间我用短信发给你。"

我挂了电话，长长地叹了口气。和不熟的人打电话果然令人紧张。正试图重振精神，却见鸟子伸出右手想摸我的头。

"干、干吗？"

"你不是成功打了电话嘛，真棒真棒。"

"这句话是在把我当傻瓜吧？"

"没有这回事。"

我挥开她的手，这时香菜沙拉上了。鸟子缩回手，我问道："明天你能和我一起过来吗？"

鸟子歪着头微笑。

"这么难得的约会，我跟着去不是电灯泡吗？"

"……"

"开玩笑的啦！别摆出这副表情。"

鸟子笑着往自己盘子里夹沙拉。恼火的我没有回答，把她那份鸡胗抢过来吃了。

5

"啊，学姐！这边！"

早上十一点。我们来到了 JR 池袋站的大都会饭店出站口，赶到地下广场，濑户茜理先发现了我们并用力向这边挥手。中气十足的声音和不在意旁人目光的夸张动作让我立马畏缩了。但对方主动，说实话让我松了口气。前天只匆匆见了一面，我还在担心自己是否记得她的脸。

今天她穿着宽大的 T 恤和牛仔裤，一身便装打扮，提着一个用天然素材做成的草编包。我穿着条纹 T 恤套衬衫，白裤子和运动鞋。头上戴着在那霸买的报童帽，帽檐能压得很低。在学生食堂遇见时只想着去一趟附近而疏于打理，今天总算好好搭配了一身行头。已经尽力了，饶了我吧。此前在如月车站，鸟子也曾让我"打扮精致些，让这只华丽的右眼显得不要那么高调"，别看这样，我也是努力过的。

"谢谢学姐过来，今天就拜托你了！"

"不，嗯，你真的不用太期待，真的……"被对方气势压倒的我回答道。

"去哪里喝杯茶吗？我请客。"

"啊，等一下。还有一个人要来。"

"欸，是哪位？"少女露出了惊讶的表情。

"她叫鸟……仁科，是她说的要帮你。"我说道。

"原来是这样啊！那位也和学姐一样是专家吗？"

"不，所以说不是专家……"

我正想否认，从身后传来了声音。

"你好——我是专家。"

回头一看，不知什么时候鸟子已经来了。

今天的鸟子穿着轻飘飘的褶边短袖衬衫加花朵图案的束腰裙，头上戴着帽檐较窄的草帽。这女人还是一如既往，轻松地把绝对不适合我的衣服穿得那么合衬……

"早上好，空鱼。怎么了？你的眼神很凶哦。"

"早上好，我只是在想你今天也很漂亮而已。"

"欸，干吗啦大早上的，我会害羞的啦。"

糟糕，说漏嘴了。

"那个……是仁科同学吗？初次见面，我——"

不知是不是被吓到了，濑户茜理也有些迷惑。

"叫我鸟子就好，你就是茜理？"鸟子微笑着说。

"啊，是的。"

"请多指教——"

和我相遇时也是这样，鸟子基本上只叫别人的名字。我也这么做好了。

"慢着，鸟子，你什么时候成专家了？"

"不行吗？实际上我们不就是 Specialist 嘛，也好好活下来了。"

"我倒是觉得每次都徘徊在生死之间就是了。"

听着我和鸟子的对话，茜理的脸色变得越来越差。

"果然，很危险吧……"

"欸、不，倒也不一定。"

不知为何，我有些吞吞吐吐。不管是什么情况，如果这件事真的与"里世界"有关，那肯定有危险。

"总之说给我们听听吧，猫咪忍者是什么样子的？可爱吗？有视频吗？"

鸟子雀跃地问，我插了一句。

"总之，去什么地方坐坐吧。你可以不用替鸟子付账。"

"欸？啊，是！"

茜理乖乖地点了点头。"为什么啊——不觉得过分吗？"鸟子抗议着，我们三人乘电梯离开了地下广场。

"不是有所谓的'猫咪集会'吗？"

我们赶在快中午，人变多之前在 Italian Tomato 咖啡厅里找到了位置。茜理很快开始了讲述。

"大约一个月前，我在附近遇到了'猫咪集会'。那是一个傍晚，我从大学回家路上绕去了便利店，出来时听到有人在窃窃私语，听上去总觉得有点……奇怪。"

茜理踌躇了一会儿，鸟子开口催促。

"奇怪是指？"

"小孩子的声音、老爷爷的声音、还有像 vocaloid[1] 一样高亢的声音，各种声线交替说着话。听不清说话的内容，只能听到不断重复着的'找到信物了''马上要来了'什么的。我觉得很不可思议，绕到便利店后面一看——是一大群猫。它们分散在停车场各处，有近二十只。那群猫一齐盯着我这边，唰地就散去了。当时我只是想着'啊——

---

1 vocaloid是由YAMAHA集团发行的歌声合成器技术以及基于此项技术的应用程序。

对不起打扰了你们'而已。但从那天起，每天晚上——"

茜理拿出手机，放在桌上。

"这是昨天，在接到学姐你的电话之后不久拍的。"

茜理按下视频的播放键，映出的是挂在窗户上的窗帘。把声音调大，能听见什么在击打窗户的声音。

……咚！……梆！断断续续的，就像有人在外面敲窗一样。

从画面右侧伸出一只手，拉开了窗帘。窗外很暗，玻璃反射着室内的样子，一瞬间映出了在精致房间里举着手机、穿着家居服的茜理。

摄像头贴近窗边，映出了外面的黑暗。

正想着一个人也没有，两个黄色的光点在黑暗中闪了一下。响起了录音快进时叽里呱啦的音效，两个光点迅速靠近了窗户。

画面一震，从窗边退开了。拍摄者的手慌乱地抓住窗帘，用力关上。

梆！窗又响了一次……归于静寂。

几秒后，视角倾斜，视频放完了。

"……怎么样？"茜理问。

"这种情况，每天晚上都在发生吗？"

"是的，只要忍耐一会儿就会安静下来。"

我想起昨天给她打电话时听到的声音。本以为是家人发出的生活噪声，那正是猫撞击窗户的声音啊。

"这双黄色的眼睛就是忍者猫的？"鸟子一边把视频往回倒一边问。

"大概是，由于我平时都不会打开窗帘，所以没仔细看过——但我觉得这和白天尾随我的是同一只。"

"白天没拍下来吗？"

"试了很多次，总是拍不好。"

茜理滑动着手机相册里的照片。住宅区的道路，照片一角掠过一个黑影；马路另一边好像蹲伏着什么东西，但整张照片都糊了；公园滑梯上有一只普通的猫……如果有人说自己被猫咪忍者盯上了，然后一脸严肃地拿出这些照片，一般人都会觉得困惑吧。

……一般人的话。

说起来，原版的《猫咪忍者》讲述者也尝试过拍摄照片，但最终只传上来一些模糊的图。

"为什么想帮我了呢？学姐你之前完全没有这个意思对吧。"

我和鸟子凑近看着没对好焦的照片，茜理好像觉得很奇怪，问道。我说了实话。

"因为已经被卷进来了，没办法。"

"被卷进来了？"

"听了你说的之后，我也被猫群缠上了。虽然还没看见猫咪忍者。"

昨天在那之后从居酒屋回家，窗外的猫叫让我辗转难眠。鸟子那边好像也是如此。今早出家门时没看见猫的影子，是放弃解散了吗？

"欸！也就是说……是我的错吧。"

"嗯。"

"没事没事，已经习惯了。"鸟子自顾自地说道。

"真厉害……你们经历过很多这样的事吗？"

"还挺多的。对吧，空鱼？"

"……嗯，算是吧。"

茜理脸上浮现出的是尊敬吗？她的眼睛闪闪发光。我浑身难受，把脸转开了。

然而，这确实是实话。客观上来看，没有谁的"这种经验"能赶得上我们。虽然不知道这些经验有没有价值。

茜理说过她去了寺庙和神社，但没有效果。那是当然的。如果是灵异和诅咒之类司空见惯的事，这些地方自有一套规矩，如供奉，如驱邪。对客人的咨询能提供必要的服务，和灵异、诅咒是否存在并没有关系，但猫咪忍者，有谁会认真对待呢？一笑了之罢了。

……一般人的话。

我不情不愿地开口。

"确实是这样。这类奇怪的咨询，我觉得几乎没有比我们更适合的对象。"

很明显发生了异常，但传统宗教没有能应对的方法——这也可以说是灵异体验和网络传说中出现的妖怪特征。"扭来扭去"、时空大叔、如月车站，驱邪什么的拿这些妖怪都没办法。八尺大人和奸奸蛇螺的故事里多少带有传统宗教的味道，但宗教也只能勉强限制妖怪的行动，不能从根本上解决问题。

这么一想，"猫咪忍者"其实也一样。虽然完全不恐怖就是了。

"你好像有干劲了？"鸟子说。我放弃挣扎，叹了口气。

"OK，没办法。我们去干掉猫咪忍者吧。"

"OK。"

"非……非常感谢！"

茜理的脸上绽放出了光辉。

话虽如此，但我果然还是没法把枪口对准猫咪。首先自己不愿意，一旦不小心被拍下视频，会在网上引发世界规模的声讨……

不，在那之前就会因为违反枪械管制法而进监狱吧。

"……希望猫咪忍者不要太可爱。"

听到我的自言自语，鸟子问茜理。

"对了对了，猫咪忍者，具体是什么样子？跟我们说说吧。"

"啊，这个——"

正要开始说，茜理突然停下了话头。

"嗯？怎么了？"

"呃……就是那样的感觉。"

顺着她手指的地方看去，柜台上站着一个小小的影子。

看上去像是……猫。是一只双脚直立的猫，身高在五六十厘米左右吧，毛发是像俄罗斯蓝猫一样的灰色，穿着破破烂烂的黑色衣服。一只爪子上拿着刃呈锯齿状的刀状武器，到底是怎么拿住的呢？

我们惊呆了，这时从柜台下面又出现了一只。这只的毛色是黑的，它穿着带兜帽的斗篷，手里拿着的是一把外形邪恶到令人难以置信的武器，镰刀状的锋刃向四面伸出，简直就像中非的飞刀。

"……猫咪忍者？！"

我和鸟子的声音完美重合在了一起。

茜理说的没错，确实只能称它为猫咪忍者。

发生了这种事，怎么说周围的客人和店员也会骚动起来吧……这么想着，却见不知什么时候，本应熙熙攘攘的店内一个人也没有了。除了我们这桌以外，其他桌子上还放着热气腾腾的咖啡杯、塑料杯壁上挂着水珠的思慕雪、吃到一半的巧克力可颂和法式吐司，仿佛所有人都刚刚离开了这家店一样。

喵——突然间响起了无数声猫叫，我们吓了一跳，看向窗外，马路上都是猫。车道上也好，人行道上也罢，都是猫、猫、猫。

在这些猫前方，有辆车一头撞上了电线杆，动弹不得。但我此前却没听见任何撞击声。什么生物撞碎驾驶座的挡风玻璃飞了出来，躺在引擎盖上。怎么看都不是人类，它的身体乌黑湿润，长着短短的鳍，就像深海鱼一样。车顶上的猫们歪头俯视着那条一跳一跳痉挛着的鱼。

"这是大叔世界！"

鸟子叫道。是有时空大叔出没，位于"里世界"和"表世界"中间的领域。尽管还残留着"表世界"的光景，但危险而混乱。这里直接的危险性或许不亚于白天的"里世界"，我们毫无预兆地来到了这个地方。

"小心点，来了！"

茜理从座位上站起来厉声叫道。就在下一刻，两只猫咪忍者跳到地上，沙沙沙地靠近了我们。

没时间做出反应，眼前就被遮住了。一块奶油色的四方形板——是放饮料的塑料托盘。在我认出来的那一瞬间，什么尖锐的东西刺穿托盘，停在了我的鼻尖。

"好危险！"

我大吃一惊，站了起来。面前是掉在地板上的托盘，非洲飞刀的刀刃深深扎在托盘上。

"没事吧，学姐？"

我无法回答，只能连连点头。看来刚才是茜理保护了我。

鸟子挡到我跟前，把手伸进托特包里。两只猫咪忍者似乎察觉到她想要拔枪，唰地退了开去。

"鸟……鸟子，等等、等等。"

我慌忙把手搭在她肩上。

"欸，怎么了？"

"这不好吧……"

我压低声音说。鸟子像是终于回过神来，眨眨眼。如果换作平时，应该马上把枪拔出来，但今天茜理也在。

"那，要怎么办？"

"唔——不知道！总之逃吧。"

通往店铺入口的路上有猫咪忍者。我把目光投向店内，除了洗手间之外，还有一扇员工专用的门。进了那扇门，就能从窗户或者后面出去了吧。

"这边，跟我来！"

说完我没等她们回答，就往里跑去。鸟子和茜理追在后面。穿过空无一人的咖啡店来到门前，牌子上写着"除了猫以 wai 清 wu 进入"。虽然我们三人都不是猫，但没时间管这个了。打开门，里面是员工休息室，铁架子上摆放着私人背包，衣架上挂着制服，墙上贴着轮班表，穿过狭窄的房间，前面是另一扇门，跟我想的一样，似乎是后门。

我们冒冒失失地闯进了房间，幸好没人，否则肯定要挨骂。我身后是鸟子和茜理。殿后的茜理关门上锁，与此同时，锯齿状的刀贯穿了三合板。

"呜哇！"

茜理大叫一声后退几步，刀发出锯子似的咯吱咯吱声缩了回去。门破了一个洞，对面是亮晶晶的猫眼睛。

"哎哟——毫不留情，不愧是忍者。"鸟子无语地摇摇头，"茜理，你一直被那种东西追着吗？过去一个月里？"

"是的……最开始只是跟着我而已，但情况越来越严重。最近一周我都是跑着回家的。"

"真亏你能活下来。"

"是啊，还蛮危险的。"

少女若无其事地说。我难以置信地凝视着她，对上我的视线，茜理难为情地笑了。

"我在练空手道，所以……"

"……"

欸，这句话能说明什么吗？

"原来如此，刚才你的动作真厉害。看见空鱼被盯上，我刚想'糟糕'，茜理就已经做出了反应。"

鸟子钦佩地说，我就连自己被盯上都没察觉到。

"是的，因为我在练空手道，所以就……"

这孩子怎么回事。

不，现在没空从容地聊天了。

咔嚓一声，非洲飞刀刺穿了门。刀刃像斧子一样不断劈下，迸出纷纷扬扬的木屑。

"糟了糟了，赶紧跑吧。"

听我这么说，两人点头赞同。

我跑到后门处，转动门把手推开门。

即将飞奔而出的脚在那里急刹车。

"哇，不要突然停下来——"

一头撞上我后背的鸟子突然住了嘴。

后门前方是挤挤挨挨的建筑物，就像山崖一样耸立着。我们脚下是与门口同宽的金属踏板，约有十米长，下面什么都没有。陡峭的悬崖底下似乎有水流，左右两边都是连绵的断崖和建筑外墙，其他地方也都架设着一样的桥和踏板。

我们这边正对着的建筑物像是商住楼的后面，十分脏乱，阳台、疏散楼梯、空调室外机、梯子、狭窄的人行道和管道等纵横交错，看不到头。这些物品的尺寸实在是很小……不是人类的尺寸。脚下的立足之处十分狭窄，每一层的高度也只有正常的一半左右。楼梯也非常陡。悬崖突出处的墙面上有凿出的落脚点，如果不是攀岩运动员应该过不去吧。

"猫……街？"

鸟子脱口而出的形容与我的感觉不谋而合。刚才看到满是猫的大马路，我就做好了心理准备，这边也不会是什么正常街道，但眼前的情景还是超乎了我的预料。

"这……这是什么？"

就连茜理似乎也吓了一跳。

"在猫咪忍者来袭时我就发现周围好像有点奇怪，但这种情况还是第一次见。"

也就是说在猫咪忍者袭击的同时，我们也在向中间领域移动？这不是和时空大叔那时候一样吗？

背后的门正被破坏，发出嘎吱嘎吱的声音。没时间发呆了。

只能前进，无论向着哪里。

"走吧。"

我下定决心，踏上了窄桥。

生锈的铁丝网在鞋底吱呀作响。虽然有扶手，但非常低矮，只到我的膝盖附近。别说防止跌落了，摇晃时可能会被它绊倒，反而更加吓人。

我小跑着过了桥，寻找能走的路。双膝着地的话，好像应该就能顺着崖边的小路前进。

一步走错就会头朝下栽下去，我心惊胆战地在这条"猫道"上前进着。山崖下没有阳光，一片昏暗，我一鼓作气地往上爬。虽然害怕掉下去，但也不想进这些建筑物里。从开着的窗向内窥视，能看见摆着迷你尺寸榻榻米的和室和铺着木地板、有水渠的走廊。天花板很低，一不小心进去了的话会动弹不得吧。

下方传来门被打开的声音。我向下一看，两只猫咪忍者从后门走了出来。它们的脸转向巴在墙壁上前进的我们。

"已经来了！"

在最后面的茜理叫出了这一明摆着的事实。

猫咪忍者们对望了一眼，走上踏板。

我们加快速度又开始了攀登．这条并非为人类打造的小路宛如高难度田径运动场一般。我在进行废墟探索时多少有过爬上爬下的经验，鸟子则是体力异乎常人的怪物，真亏茜理能跟上来。这也是因为在练空手道的缘故吗？在盛夏的白天做这种事，全身已经大汗淋漓。早知道就该打扮得方便行动一点。

我拼死爬上几乎呈直角的陡峭阶梯，来到了山崖中部类似于广场的地方。就像是水泥屋顶上能供人站着走路的空间。崖壁还在不断向上攀升，但我已经到极限了……再往上爬，被追上也只是时间问题。

衣物摩擦的沙沙声从下方逼近，只见那两只猫咪忍者眨眼间就爬上了我们费了好大力气才爬上来的阶梯，出现在了我们面前。

被逼到广场边缘的我们三个一边喘着粗气，一边与忍者相互瞪视。

茜理像是下定了决心，走到前面把包放在地上，摆好了空手道的起手式。

"慢着。"

"学姐，你们逃吧。我来争取时间。"

"不、不不不，不能这样吧……"

"不，说到底是我把你们卷进来的。"

她非常英勇，但就算空手道很厉害，手持白刃的猫咪忍者们也是可怕的威胁。对方是两只忍者，我们这边却只有一名会空手道的人……不对，我在想什么？再想下去脑子都要不正常了。

我一边想着如何解决眼前的状况，一边逐渐陷入恐慌之中，这时鸟子说："空鱼，已经可以用这个了吧。"

她用手指比出枪的姿势，我慌了。

"不……不行吧。"

"可是，现在只有这个能奏效了。只能把这孩子也变成共犯了。"

"'这个'是什么？"

"你先别说话！"

我朝茜理怒喝了一声，凑过去迅速地对鸟子小声说："共犯不行。绝对不要。快住手。"

"为什么？"

"没有为什么！"

我焦躁地提高了声音，鸟子惊讶地望着我。

啊啊，真是的。

你自己说过的啊。

所谓共犯，是世界上最亲密的关系。

是你！最开始说的！

"……被害者的话，就可以。"我小声说道，"被我们卷进来的可怜被害者，如果是这种就可以。"

"虽然不是很懂……我知道了。"

鸟子对我的想法一无所觉，把手伸进托特包里。

"茜理，可能会吓你一跳，对不起哦。"

她一边说着一边拿出马卡洛夫手枪，推动套筒确认装弹情况，一边走上前去。旁边看着的茜理张大了嘴巴。

"啊？"

我也拔出自己的马卡洛夫走上前。

"不好意思，茜理。你要是把这件事告诉别人，可没有好果子吃。"

我使劲浑身解数发出了凶狠的声音，但茜理似乎完全没明白，我马上后悔了。要是不干这事就好了。

说到底要是被别人知道了，没好果子吃的是我和鸟子才对。

"空鱼，你在看它们了吗？"

"现……现在看。"

我像往常一样，把意识集中到右眼。

站在房顶边缘的那两只猫的样子变了……没有。是在"里世界"有时会遇到的，不管用右眼看还是左眼看，样子都没有变化的生物。

"呜呜，果然是猫啊……不想开枪……"

"振作点！它们杀过来了！"

鸟子的声音就像行动暗号，两只猫突然有了动作。它们举起狰狞的刀具，以极快的速度冲了过来。这动作一点都不可爱，充满了杀意。

鸟子开枪了，枪声在墙面间回荡。猫咪忍者们错身而过绕到后面，脚蹬墙壁一跃而起。下一个瞬间，锯齿状的刀没入了鸟子刚才所在的地方。

"好——危险！"

鸟子一边说着一边再次扣下了扳机。持刀忍者四脚着地趴下避开了近在咫尺的枪击，从侧面跳走。我的眼睛被吸引住了，回过神来才发现另一只猫已经跑到了自己跟前。它举起非洲飞刀自下而上斩来，我才勉强用枪对准了它。噫——我在差点吓哭出来的情况下开了两枪，但子弹只击中了水泥屋顶。

要被干掉了！我束手无策地凝视着逼近的锋刃，这时身畔的茜理抬起了脚。

"嘿——"

伴随着磅礴的气势，她来了一招前踢。持刀忍者飞也似的跳开了。震惊于她的气势，就连我都有些踉跄。

茜理放下腿，保持着这个姿势向前走了一步。

"学姐请退后！"

话音刚落，便是一记下踢，势头猛得就连球棒都能折断，但猫咪忍者滴溜溜地转着向后避开了。

"这……这不是厉害得很嘛！根本不需要帮忙啊？！"

听我这么说，茜理神情僵硬地摇了摇头。

"不行的，拳打脚踢都对这些家伙无效，它们身手灵活，我觉得打中了的时候却毫无反应。"

哦哦……原来如此。它们看上去似乎有实体，但果然也与时空大叔一样属于"现象"。

就算我用右眼捕捉到了，枪和空手道都打不中的话也毫无用处。再加上这些家伙还兵分两路扰乱我们。

"鸟子，茜理，贴紧墙壁。要是被夹击就糟了。"

"OK。"

"明白！"

我们三人靠在一起，就像把墙壁当成了后背一样一点点挪动着。两只忍者也靠了过来。

突然，两只猫的动作发生了变化。它们靠近茜理放在屋顶上的包，朝里面窥探。猫把头埋在包里，看上去就像在寻找着什么。

"空鱼，那是在干什么？"

"你问我我也不知道啊。茜理，包里放着什么东西吗？"

"欸？只有普通的东西而已。化妆包啊、充电宝什么的——"

"没放鲜鱼什么的？"

"我不会带着那种东西走来走去的！"

我回想起了茜理在猫咪集会上听到的说话声，莫非这些猫是被她手上"信物"一类的东西吸引过来的？

"对于自己被盯上这件事你真的没有一点头绪吗？按灵异体验的常见桥段，受害人常有幼年虐猫的前科。"

"绝对没有！"

茜理愤然答道。我仔细地观察着她的脸，看上去不像在说谎，但我真的能看透别人的心思吗……总之，不管本人有没有自觉，一定有什么东西，猫咪忍者想要的"信物"在里面。

我把注意力转向背包，右眼看到的景象没有变化。我又把右眼的意识转向茜理本人。

对人类这么做真是久违了。上一次做这种事还是在时空大叔那会儿——在"里世界"的"鬼城"，我改变了小樱的姿态，把她变成了一株植物。

自那以来，我之所以没有对人类使用右眼的力量，说实话是因为害怕。虽然身处变异点之中，条件特殊，但基于自己的认识让人类变成另一副样子是件恐怖的事。我有种预感——接着做这种事的话，会不会什么时候就没法把人当成人来看了呢？而且之后我问过小樱，她在变成植物的这段时间似乎仍然有意识，在另一层"认识"中遇到了非常骇人的事情。

因此，之前我封印了这一招，但现在只能想到这招了。在被那把看上去砍人很痛的刀切碎前，要把所有能做的事都尝试一遍。

我下定决心用右眼看向茜理，然后惊讶地倒吸了一口凉气。

茜理的身体内部散发着朦胧的光。

"怎么了，空鱼？"

鸟子从我的表情里察觉到了异常，问道。我犹犹豫豫地回答。

"她的身体里，有什么东西。什么发着银色磷光的东西。"

"也就是说……"

似乎被我们的对话吸引了，两只猫咪忍者把头从包里抬了起来。四目相对，它们再次朝我们走了过来。

"茜理，你吃了或者喝了什么奇怪的东西吗？"

鸟子语速很快地问，我接口。

"墓前的供品什么的，猫的饵食什么的，没有偷吃吧？"

"哎咦？我什么都没做昂。"

茜理口齿不清地说。她的语气和以往干脆利落的态度完全不同，我有些吃惊。

"为……什么要说这种话呀学、姐？啊——人家都生气略，捡东西吃怎么可、呢、能嘛——"

带着媚态的话语迅速变得含糊起来。

我浑身寒毛直竖，同时产生了一种直觉。这孩子正在发疯。能想到的原因只有一个——是因为我用右眼看了她！

"鸟子！左手！"

听我这么说，鸟子咬住左手的手套扯了下来。啊，好帅，不对，现在不是看呆的时候。

"我该怎么做？"

"伸进去！朝茜理的身体里！"

"欸……欸欸？！"

也怪不得鸟子没能马上应承下来，但没时间犹豫了。猫咪忍者马上就要过来了，而茜理的眼神已经涣散。等她完全失去了理智，在我和鸟子之间就会诞生出一只发狂的空手道怪兽。

我用一只手抓住茜理的T恤下摆，另一只手抓住鸟子踌躇的手，不由分说地按向对方的肚子。透明的左手轻而易举地没入了紧绷的腹部肌肉中。茜理发出含混的叫声，弯下了腰。

"呜哇，又让我摸奇怪的东西——"

鸟子悲鸣道，露出极度厌恶的表情。

"噫呀，呕……啊？好像有什么硬硬的东西——"

"就是那个！拽出来！"

"这样真的没问题吧？！"

鸟子抽出拳头，茜理当场跪在地上，疯狂呕吐起来。我慌忙把右眼移开，她泪眼朦胧，气息不稳地抬头看着我们。

"为……为什么打我的肚子……"

太好了，说话的语气和气场都变回来了。

"你认得这个吗？"

鸟子在茜理面前张开了左手，手掌上托着的是一个小小的人偶。人偶是用土烧制而成的，造型朴素，头顶上有两个尖尖的耳朵，那团圆圆的可能是尾巴吧。本该是脸的地方只嵌着一块绿色的石头。它被银色的磷光包裹着，毫无疑问这是来自"里世界"的"异物"。

"啊，这个……是我的护身符！还以为什么时候丢了。"

这时，两只猫咪忍者发出威吓的哈气声，突然冲向了我们。

"危险！"

茜理瞬间跳了起来，千钧一发之际，锯齿刀和非洲飞刀就插在了我们背靠着的墙上。鸟子也和茜理一起仰面倒了下去。猫咪忍者拔起墙壁上的刀具，向动弹不得的两人挥去。

"鸟子，PASS！"

我大叫一声，鸟子一挥左手。土偶从猫咪忍者脚边钻过，在屋顶上滑行。我把它捡起来，抬起头，两只猫倏地转过脸看着我。

"是……是这个，是这个吸引了猫。"

听我这么说，茜理瞪大了眼睛。

"你从什么时候拿到这个的？"

"去年，别人给我的——"

谈话间猫咪忍者们锁定了我，踏踏踏地走了过来。

"空鱼，不能拿着那个，快丢掉。"鸟子半坐着端起枪，担心地说。

在那一瞬间，我进行了思考。把这个带回去的话不就能让小樱买下来了吗？然而，我们每个人都会被猫咪忍者袭击……虽然很遗憾，这个想法只能作废了。

"……当然，要丢掉。"

"为什么刚刚停顿了一下？"

嗷——忍者们飞扑过来。我连忙挥动手臂，用尽全力把土偶扔了出去。向着悬崖的方向。

土偶划出一道绵软无力的抛物线飞了出去。虽然和我料想的不同，根本扔不了多远，还害我的肩膀发出了嘎吱一声，但总算勉强飞出了房顶边缘。

猫咪忍者们的反应飞快，看也不看我一眼，以惊人的势头朝一旁冲了过去，跳下屋顶消失了。

我走近屋顶边缘向下看去，一瞬间，能看到土偶上嵌着的绿色石头熠熠地反射着阳光。两个影子以可怕的速度在建筑物之间腾挪跳跃，追逐着从悬崖上掉下去的土偶。

"……啊——"

我从紧张中解放出来，当场筋疲力尽地坐下了。

鸟子戴上手套走了过来，望着下方。

"走掉了。"

"啊——好恐怖，不要再来物理攻击了。"

虽然精神攻击也很讨厌，但拿着刀杀过来就是犯规。

"欸？它们的目的真的是那个吗？为什么？我之前把它放哪儿了？"

"小茜理是不是被下套了？给你那么古怪的东西……"我对着迷惑不解的茜理说道。

"欸？那个是护身符来着……"

她似乎有些不服气。不过也是，我们只能通过推测得知它们来袭的理由，也没法知道这是不是最佳答案。

土偶是从她体内拽出来的这件事解释起来太麻烦了，不说比较好。

尽管如此，因为自己的右眼，茜理的样子变得奇怪了，这给我带来了很大的冲击。当时她给人的印象很危险，与中间领域那片街景十分相似。说不定这只右眼对人使用时，能把人类"里世界化"。

继续看下去的话，会变成什么样？我不愿去想象。果然还是不要轻易对人使用比较好。

那么……之后要怎么回去呢？

我一边想着一边把手撑在后面，心不在焉地朝上看去。然后我僵住了。

从上方绵延的建筑物的窗户里，伸出了无数张猫脸，正俯视着我们。

下一个瞬间，猫们从窗子里一跃而出，像雪崩一样顺着墙面跑了下来。

"哇啊啊？！"

发出悲鸣的我、鸟子和茜理顷刻间就被无数的猫卷了进去。

周围是无尽的柔顺毛皮、肉垫、尾巴和鼻尖。我们被前赴后继的猫之洪流席卷着坠向地狱。

6

车声，人声，尾气夹杂着快餐的油烟味。来自"表世界"的感官信息让我恢复了意识。

目光所及处覆盖着细树枝，看来我似乎正仰面朝天地倒在灌木丛中。

我慌忙收起枪，从灌木丛中探出头来，马上认出了这个地方。从大都会饭店出站口出来后就是这个位于艺术剧场前的公园。刚才这里还有那么多猫，现在却一只也没有了。

我啪吱啪吱地折断了许多小树枝，总算是爬了出来。从旁边的灌木丛中伸出了鸟子的手。

"空鱼——救我——"

"你在干吗？"

"头发被挂住了……"

我抓住鸟子的手把她拉了出来，她的头发和衣服上都是树叶。

"呼，谢谢。茜理呢？"

"在这儿——"

我看向声音传来的地方，只见茜理把脸埋进了树丛根部。

"你又在干吗？"

我问道，茜理回答："包里的东西都掉出来了……"

"需要帮忙吗？"

"没事，稍微等我一下。"

在茜理捡回背包里的东西期间，我和鸟子坐在灌木丛边上等待。

"哎——这段时间我见到猫都会心惊胆战了。所以才说不擅长对付猫咪相关的怪谈啊。"我一边把缠在鸟子头发上的树叶取下来，一边叹息。

"对不起，都怪我硬要你一起来。"

"就是。不过就结果来说还挺顺利，这样一来就再也不用担心被猫缠上了。"

听我这么说，鸟子的脸上浮现出恶作剧的微笑。

"那，我就来变成猫，直到空鱼的心灵创伤痊愈为止吧。"

"哈？"

"喵——"

鸟子做出招财猫的姿势，抬眼望着我。

"……"

"我是不可怕的猫咪喵——"

"能……能不能不要耍这种小聪明？！"

我艰难地挤出一句，鸟子微微歪头。

"为什么生气喵？"

"句尾！"

在我发飙的时候，茜理走了过来。

"学姐！鸟子同学！非常感谢你们！"

被行礼的我感到很困惑。

"算了算了，没事没事。下次请我们吃饭吧。"

鸟子自作主张地说。她把句尾改了回去，我的理智也勉强得以保全。

说起来，本来做这种事收点谢礼也行的吧。要是一开始先说定就好了。

"学姐和鸟子同学真厉害啊！你们一直在做那样的事吗？"

"那个，茜理，这件事你千万不要让别人——"

"我知道，不会说的。况且也说不出口啊，这种事。"

"嗯，也是呢。"

但这家伙之前来跟素未谋面的我商量猫咪忍者的事，有前科，不能疏忽大意。

"对不起啊，那个人偶被我擅自扔掉了。"

"不，没事的。没想到我自己竟然带着元凶走来走去。"

"你之前说过是别人给你的……谁给你的那种东西？"

我说出了心中耿耿于怀的疑问。让茜理拿着来自"里世界"的东西，有什么目的吗——说得更严重点，我只能从中感受到恶意。

"是去年教我的家教老师给的，说是逢考必过的护身符。我一直很珍惜它。"

"原来如此……是什么样的人？你有对方的联系方式吗？"

"关于这个，不久前我打她的电话就打不通了。大概是从年初的时候到现在吧，已经半年以上没有联络了。"

茜理垂下眼睛，看上去很寂寞。

"是一位姓闰间的老师。"

鸟子愕然地睁大了眼睛，如遭雷击。

"闰间……冴月？"

"欸……没错，你认识她吗？"

茜理疑惑地问道，鸟子没有回答。

7

闰间冴月——消失在"里世界"的，鸟子的"朋友"。鸟子所倾慕着的，赌上性命搜寻着的，独一无二的重要之人。

没想到会从刚认识的茜理口中听到这个名字——就连我也感到惊讶，难以想象鸟子受到的冲击有多大。

从刚才的反应来看，鸟子估计对冴月和其他人的交往一无所知。

还以为她会穷根究底地问，但与我的预料相反，鸟子独自一人沉默地回去了。

比对听到的信息可知，闺间冴月担任濑户茜理的家庭教师的时期正好与她告诉鸟子"里世界"的存在，两人一起去探险的时期相重合。鸟子此前一定深信不疑，认为自己是最理解闺间冴月的人。然而，对方却在自己不知道的地方遇见了另一个人。只是家教的工作罢了——这样的理由是说不通的，因为鸟子自己就是被前来担任家教的闺间冴月所发现，被"挖角"参加了"里世界"探险。

可怜的鸟子。

有点能理解她默默回去时的心情。

对鸟子来说，她应该想知道一切与冴月的行踪相关的消息，但不想从茜理口中听到吧。之后她可能会整理好心情，但一时半会儿是恢复不过来的——就连被说过没有心的我也能推测到这份儿上。

因此，第二天我给鸟子发了消息，邀请她接着去找"门"，鸟子回了个"身体不舒服要请假"的表情时，我也不觉得惊讶。

没事的，鸟子，好好休息吧。我懂你。

体贴备至的我便整理行装，一个人出门去完成寻找"门"的任务。

但，在那之前——在我还没忘记之前，先去把那个贝壳形状的"异物"拿给小樱吧。小樱虽然在钱这方面很大方，但交易前也得准备一番。不管是调查"异物"还是备好现金。

我在西武线的石神井公园站下了车，穿过商店街，走下公园方向的斜坡前往高级住宅街。这条路已经走得烂熟于心了。

要是这附近有"门"的话就好了——我一边做着美梦，一边用右眼扫视着炎炎烈日下暑气蒸腾的道路。虽然前天看过了，以防万一……

并没有这等好事。我一路畅通无阻地到达了小樱家，只是眼睛看得累了。进了门，仍然丢在那里的 AP-1 让我有些畏缩。真是干了件好事，小樱会生气也是理所当然的。说真的，我之前打算怎么把这东西运到"里世界"去啊？

我对自己感到无语，看向 AP-1 前方。

那里，有一扇"门"。

"……欸？"

我停下脚步，眨眨眼。

千真万确，是"门"。

在小樱屋子的玄关前，一个长宽三米左右的空间闪着银色的光。

为什么？为什么这种地方会有"门"？

"啊！"

我想到了原因，大叫一声。

对了，仔细一想，这里不是开过"门"吗？

那是在我们为了对付那三个大婶而打开了玄关的锁时的事。巨脸出现，把我和小樱强行带到了"里世界"。说起来，我从没在这里有意识地使用过右眼。在那之后，"门"一直留在了这里。

虽然对我而言非常方便，但这个……要是小樱知道了会暴走的……

"你在干吗？杵在这种地方。"

我呆呆地站在原地注视着"门"，小樱的声音让我回过神来。

她趿拉着凉鞋走出了玄关，站在房檐下阴凉处不耐烦地看着这边。

"啊，你好……"

我尴尬地打了个招呼，对方似乎觉察到了什么，扬起眉毛。

"哦……你还在介意之前被我凶过的事吗？哎呀，我也有点说得太过分了。明明打算一个人当家里蹲，却接二连三地来些怪事，就有些激动。抱歉。"

"没……没事。"

"找到'门'了吗？不，不可能这么快就找到吧。"

"要说是找到了……还是糟糕了呢……"

"欸，真的假的。手脚挺快啊，对你们刮目相看了。"

"哈哈……也没有那么……"

我的声音逐渐变小。

"算了，进来吧，外面很热吧。要吃雪糕吗？"

小樱笑得很开心。透过玄关前升起的银色雾霭，她看上去闪闪发光。到底该怎么告诉她这件事呢……我一边思考着，一边迈着沉重的脚步走向小樱。

Otherside　Picnic

档案8
箱中的小鸟

1

"自那以来空手家（KARATEKA[1]）就很烦人啊。"

我一边小口喝着红酒一边抱怨道，桌子那头的鸟子扬起了眉毛。

"空手家？"

"就是那个，在练空手道的女孩子……"

这里是池袋淳久堂书店附近的红酒吧。虽然是一周的正中，昏暗的店内却坐满了客人。各处的桌旁，青年男女们吵吵嚷嚷。而我们坐在一角，开着小小的庆功宴。

"那个，是叫濑户茜理来着？"

"厉害，记性真好。我已经忘了。"

"真过分。"

"叫空手家就好啦，别在意那种事。"

上次"里世界"探险……或者说是"表世界"和"里世界"的中间领域探险，除了我和鸟子之外，大学的学妹茜理也参加了——正在练空手道的濑户茜理。以她的委托为契机，我们误入了猫街，被猫咪

---

1 カラテカ是日本搞笑艺人组合。

忍者追得走投无路，喵——

"什——么嘛，原来学姐你从一开始就有'灵感'啊！她当时拼命追问这些我就觉得不太对劲，据说本来就喜欢灵异话题。之后也是经常打电话过来，去学生食堂的时候也会出现，疯狂缠着我，很烦。"

"这不是挺喜欢你的嘛，起码记住人家的名字啊。"

"如果是狗狗或者猫咪我倒是挺开心的，是人的话就很麻烦了。"

"这样啊——那你记得我的名字吗？"

"这不是当然的吗。"

"那你说说看？"

"……仁科同学。"

"哎呀，这种叫法有点新鲜呢，纸越同学。"

木盘上满满地摆着生火腿，鸟子用透明的指尖拈起一块。在有人的地方鸟子吃饭时也会戴着手套，但像今天这种靠里的座位，还有在包间时她经常不戴。

虽说是透明的，倒也不是完全看不见。因为在被周围的光线照射时会闪烁，所以能清楚地知道手指所在的位置。只是凝神细看时轮廓又会变得模糊，仿佛溶进了空气中一般。

我看着那只神秘的左手拿起生火腿送进口中，总觉得连自己的脚边也变得有些异样。

"……不用叉子吗？"

"这样很粗鲁吗？"

鸟子仰起脖子把肉一口吞下，舔了舔手指。

"像动物一样。"

"是吗喵——"

"你很喜欢这个语气词吗？"

"因为空鱼露出奇怪的表情很好玩。"

"性格可真差啊，仁科同学。"

我们俩碰了碰杯。微发泡红酒的口感和生火腿、萨拉米香肠很搭，充满果香，度数也不高，我一杯接一杯地喝着。完全喝不够。

"要是今天也把小空手家带过来就好了。"

"你认真的吗？"

"人多更开心嘛。"

"我不要……会放松不下来的。"

见我皱起眉头，鸟子嘿嘿地笑了起来。

"她缠你缠得那么厉害吗？"

"空手家住的地方好像离我挺近的，虽然想想都在一个大学了也不奇怪。她喊着学姐学姐一边自来熟地凑过来，因为枪的事被知道了，我也不能太冷漠。"

"呵呵。"

我这边在认真地表达不满，鸟子却抿着嘴笑。

"有什么好笑的？"

"空鱼也变了呢，这不是除了我之外又交上朋友了嘛。"

"不⋯⋯不是朋友啦！谁会和那种人！"

鸟子笑眯眯地看着试图反驳的我，就像在温柔守望着一般⋯⋯

欸，这是怎么回事？她没误会什么吧？

不明所以的焦躁驱使着我否定了鸟子的话。

"我说啊，我这可不是什么傲娇，只是普通地觉得很烦而已。"

"这不是挺好嘛，不要那么冷漠啦。有人仰慕你不是件好事吗？"

"得了吧，你就是那种不理解跟踪狂受害者的人。"

"是吗？因为这是空鱼第一次发别人的牢骚，给别人起绰号。"

"或许是这样，但总得让我发发牢骚吧。"

"我不是很擅长倾听别人的牢骚呢。"

我瞪着一本正经的鸟子。

对方对我的视线佯装不知，抓起萨拉米香肠大口吃了起来。

为什么呢？总觉得气氛和平时不一样。

没错——如果是平时，鸟子从一开始就会点上吃不完的菜，但今天罕见地只点了一开始的红酒和生火腿、萨拉米香肠拼盘。

"还要再点吗？"

"嗯，交给你吧。"

⋯⋯果然很奇怪。

我察觉到了鸟子变得奇怪的原因，她正在想着冴月的事。

最近没有从鸟子口中听到闰间冴月这个名字，还以为她生气了，但这是不可能的。是毫无防备之下听到茜理说出冴月的名字，产生了动摇吧。上次探险之后鸟子也有一段时间闭门不出，她的心仍然为下落不明的"朋友"所囚禁着。

"喂，鸟子——你可不要像之前那样，又一个人消失不见哦？"我突然感到担忧，说道。

鸟子惊讶地抬起脸。

"什么嘛，怎么突然说这个？"

我紧紧地盯着她，鸟子苦笑着摇摇头。

"知道了啦。我已经不会做那种事了，别担心。"

她的口吻并不让人放心。

我想起了大约一个月前，我们逃出"里世界"的海滨，来到石垣岛时的事。当时我看到"门"的另一边有一个很像冴月的人影。最想知道这一消息的鸟子明明就在身边，我却没有告诉她。之后也一直没开口，拖着拖着就到了现在。

我该说吗？我现在该告诉她，自己见到了她不惜以身犯险倾慕着的重要的朋友吗？

鸟子的表情看上去像是把一半的心放在了别的地方，她把玻璃杯中的红酒一饮而尽。我注视着她，思考着。

……别开玩笑了，绝对不说。

第一，海岸上满是怪物，那个人影肯定也是化身为冴月的"里世界"生物。风车女那时候也一样，就算用右眼看去是人类的样子也不能大意。目前已经确定，有用右眼看去也不会发生变化的怪物存在。

果然还是不说为妙，必须让鸟子忘记冴月的事。

濑户茜理这混蛋……竟敢给我说多余的话。

果然管那家伙叫空手家就够了。

2

第二天，我们在小樱家的庭院里为探险做准备。酩酊大醉的我在石垣岛冲动购物买下的农机——烟草管理作业车 AP-1 今天第一次试运行。

"加好汽油了，空鱼。"

鸟子关上油箱盖子抬起头。

"OK，我开开看。"

我照着说明书发动了引擎，因为是第一次操作农机，不清楚情况。花了好几分钟，经过一番恶战，引擎终于发出隆隆的声音动了起来。

"成功了！"

"恭喜！"

小樱面带不悦之色靠在大门口，盯着欢呼雀跃的我们。

偏偏"门"就开在了自家的玄关前面，不出我所料，小樱受到了相当大的打击。还以为她会更生气呢，看来比起怒火还是冲击更强些。在我战战兢兢地汇报这一消息时，小樱化身为只会单曲循环"真的假的""怎么会这样""也太那个了吧"的机器，把我从家里赶了出去，之后一连几天都没接电话。

我坐上右边的位子后，鸟子什么也没问，一屁股坐到了左边的座位上。在"冂"形车体后并排放着两个座位，右边是我，左边是鸟子。本来这台农机是夹着烟草田的田垄行驶的，所以两个座位间有将近一米的距离。

"开一下试试，空鱼。"

"稍等一下……是这样吗？"

用摇杆同时操作两边的履带，AP-1便缓缓开始前进。把摇杆拉回去就是后退，只操作一边就能转弯，很简单。行驶的速度也很慢，这种速度的话我也能操纵了。

"这就是最高时速了？真是悠闲啊——"

"那当然了，本来就是农田里用的作业车。"

实际上，产品性能规格上写的最高时速只有每小时三公里，比走路还要慢，优点在于不用走路。

"中间这个空间，不觉得浪费吗？"鸟子观察着车体正中央的缝隙说道。

"是啊，买个钩子什么的挂行李吧。"

上方有能放东西的架子，两边的履带上也是空的。把步枪放在哪儿比较方便呢？我兴奋起来，望着车体各处思考着。

这次只载着打算在那边用来盖住车子的防水布，但AP-1本来就是为了运载烟草苗、农药桶、收获的作物而制造出来的。别看长这样，其实很有力气。光看它打出了 AP——"无所不能（All Purpose）"的旗号，就感觉能为我们派上各种用场。竟然会以这种形式，在一个神秘莫测的世界探险时用到它，厂商应该也没想到吧。

我们开着这辆车在杂草丛生的院子里绕了一圈，又回到了玄关前。试驾就到这里，我暂时停下车，俯视着黑着脸的小樱。

"那，我们去去就回哦。"

"真亏你们能这么轻轻松松地过去……"小樱无语地说。

"这次只是为了把这台农机放过去，马上回来。"

"听上去就像是死亡 FLAG 啊——"

"那把它永远放在这里可以吗？"

"可以个头。"

"那不就没必要抱怨了嘛。"

"小樱是在担心我们啦，空鱼。"

鸟子这么一说，小樱的表情更加不快了。

"要说担心……果然你们俩很奇怪，为什么能这么兴高采烈地去那种危险的地方啊？"

我和鸟子面面相觑，小樱发出了深深的叹息。

"哎，算了，事到如今。可别带什么奇怪的东西回来啊，这里可是我家……"

她意气消沉也可以理解，毕竟出了大门徒步 0 分钟就有误入"里世界"的危险。

根据我和鸟子进行调查的结果，这扇"门"平时是关着的，不能直接用它来回。

也就是说，不用鸟子的左手撬开的话应该是安全的……说到底，那扇门最初是在"大婶三人组"出现时才打开的。不知道有朝一日会不会发生一样的事，"里世界"的怪物再次摁响小樱家的门铃。

实际上我们的调查结果并不能给小樱带来多少安慰。哎，还是希望她能用PONPOKO（那个浣熊陶偶）来排解恐惧，努力不让自己被打倒。不管怎么说这里有个稳定的"门"，对我和鸟子来说实在是太方便了……

现在我们已经用园艺支撑杆标出了"门"的位置。就是那些间隔三米，立在地面上的绿棒。机会难得，不如弄点牵牛花什么的种上——虽然这么想着，但要是说了多余的话惹来一顿骂就亏了，所以我保持了沉默。

"空鱼，准备好了吗？"

"OK，麻烦你开下门。"

"OK。"

鸟子从座位上下来，站在两根园艺支杆前面。趁这段时间我调整了AP-1的朝向，让它正对着"门"。在支杆另一边，小樱板着脸守望着我们。

"那……要开始咯。"

鸟子脱掉左手的手套，慢慢把指尖靠近两根杆的中间。

用我的右眼看去，空间被鸟子触碰，仿佛发生了弯曲。那层表面既像纹理细腻的布料，又像光滑的皮肤，鸟子正用透明的手指抚摸着它。

手指踌躇着，一瞬间离开了，又再次靠近，比刚才更大胆地探索起来。那只手停下动作，五根手指抓住了分隔两个世界的那层膜。鸟子就像拉窗帘一样高高挥起手臂，下一刻，"门"在那里打开了。

长三米，高三米。在两根支杆中间，空间被切开了一个正方形。大开着的"门"对面能看见随风摇曳的绿色草原。

"喂、喂……没事吧？"

听见小樱惊讶的声音，我越过支杆看向她，对方吓得瞪大了眼睛。

"呜哇，好恶心。"

"干吗？真没礼貌。"

"不……从我这个角度看不见你们。现在只有小空鱼的头从支杆一端伸出来。"

原来如此，从小樱那边既看不见"门"，也看不见门中另一侧的景象吗？

"我说，这样可以吗？"

鸟子回过头问，我点点头。

"OK，我要前进了，小心点哦。"

我再次从支杆一端伸出脑袋，挥了挥手。小樱带着略感嫌弃的表情目送我们离开。

驾驶 AP-1 前进，从"里世界"的草原吹来暖湿的风拂过脸颊。随着小小的履带碾着庭院里的杂草碎石向前移动，风势也越发强了。在通过"门"的一瞬间，视野豁然开朗，周围无尽的草原延伸开去。再接着向前，两个座位都过了支杆，车体完全进入了"里世界"。

"空鱼！可以关上了吗？"鸟子在后面喊我。

"啊，等一下等一下。"

我慌忙停下 AP-1 下了车。除了表侧，还想在里侧也标记上"门"的位置。我从货斗上拿出园艺用支杆，朝"门"的两侧一看——我吃了一惊。草原中，竟然已经立有两根柱子。

……是两根古老的图腾柱。

不是美洲土著那种制作精良的图腾柱。纵向排列着的脸上没有任何图案或其他东西，造型就像小孩子画的画一样笨拙。木材表面经过风吹雨淋已经破破烂烂，残留的油漆也都掉色了。

"为什么？"

上次来时，这里还没有这样的东西。我眨巴着眼睛，抓着空间走到门这边来的鸟子说："在'表世界'竖杆子的时候，这边也长出来了？其他'门'也是，你想想，有'门'的地方在'里世界'这一侧也都建有什么东西，不是吗？"

确实……如神保町的电梯出口那幢骨架大楼，要说是这边的某种生物"建设"了那栋楼，总觉得不太可能。在表与里两个世界相连之时，"里世界"会自动生成相应的"门"的地形……吗？

"喂，已经可以关上了吧？"

"啊，抱歉，可以了。"

听我这么说，一直维持着"门"的鸟子啪地松开手，空间的褶皱翻涌着恢复原状，"门"关上了。从空间之窗能看见的小樱家的庭院也消失不见。

我们并肩而立，环顾着静谧的草原。今天的"里世界"天气晴朗。在带着光晕的太阳照耀下，草的绿色看上去淡了些。"门"的东侧有略高的山丘，我和小樱意外进入"里世界"时，为把握周围地形还爬上去过。

鸟子拔出马卡洛夫，拉开套筒确认了一下装弹情况又推了回去。我们俩都没带步枪，轻装上阵。正如我告诉小樱的那样，今天我们的目的只是把 AP-1 搬进"里世界"。

"这看上去什么都没有，要停在哪儿？"鸟子问。

"总之先凑合着放在附近，罩上防水布就好了。虽然我其实是想要个车库的……"

"要建栋小屋什么的吗？"

"我们两个人能建得起来吗？"

"能不能呢？让小空手家也来帮忙好了。"

我没答话，回到座位上，发动引擎，开着 AP-1 向山丘前进。

"欸，等一下啦！"

鸟子飞身跳上了开始移动的 AP-1。

"……很危险的。"

"因为我以为你要把我丢下嘛。"

鸟子从旁边盯着我的脸，我避开了她的目光。

对话中断，AP-1一点点爬上斜坡。到达山顶后，山丘另一侧广袤的湿地映入眼帘。

我把农机停下，鸟子下了车，手搭凉棚四下环顾。

"啊，咦，是从神保町出来的那栋骨架大楼？欸——原来是这么连起来的啊。"

"不要看那边比较好，那片浸水的草原会有'扭来扭去'出现。"

"最开始遇到空鱼就是在……那附近吧。"

被这句话吸引，我不由得抬起头。

鸟子像已经料到了一样转过头来，我们视线相接了。她招手让我过去。我觉得很无聊，从座位上下来，踩着草走到她身边。

"你看，就是没有水的那一片，对吧？"

"不知道，又没有什么标志。"

"不是有没长草的地方嘛，那应该就是躺着尸体的小路。我们就是在那附近相遇的吧。"

"嗯？"

我没反应过来，眯起一只眼睛瞄着。

"从我们第一次相遇以来，过了多久来着？"鸟子说道。

"当时是五月，所以……还没到三个月。"

话说出口，我自己吃了一惊。

三个月？骗人的吧？

"只有三个月啊……"鸟子也疑惑地低声说，"总觉得我和空鱼从很久之前就一直在一起了，真是不可思议。"

"唔、嗯。"

不知为何，我突然有些不安，偷看了一眼鸟子的样子。她垂着眼帘的侧脸不同以往，愁容满布。

"——空鱼，你啊，为什么要陪我？"

"欸？"

"你对冴月完全没兴趣吧？但却愿意和刚认识不久的我一起来到这么危险的地方，为什么？"

我们共同经历了这么多生死攸关的时刻，现在才来问？

"……反正，我也想探险嘛。在遇到鸟子之前就被'里世界'吸引了。"说完我又小声补上一句，"而且，你看，我们又是朋……朋友。"

"谢谢你，可是——"

可是？可是什么啊。

"只有我独占空鱼真的好吗？"

"……什么意思？"

"这段时间，在发生猫那件事之后我一直在思考。空鱼和小樱也好，和茜理也好，感情都不错。帮那些美军的时候也很努力，在那霸喝酒时情绪也很高涨。本来你可以接触更多人，进一步拓宽自己的世界，和我在一起是不是就剥夺了空鱼的可能性——我是这么想的。"

"不是，都说了没这回事……我比较认生，说实话不想拓宽什么世界。"

"不行，这样绝对很浪费。"鸟子打断了我的话头，"以前我也跟你一样。自从和冴月相遇以来，就把她视为唯一重要的人，对其他人漠不关心。"

"哦——那可真是厉害。"

我违心地回答后，突然在意起来。

"小樱呢？你们是什么时候认识的？"

"在冴月失踪之后。你也知道的，小樱一直都是那副样子，在她面前不用掩饰自己，很好相处，所以我们在联系中渐渐成了朋友。之前其实也碰过面，但当时我们对对方都毫无兴趣。"

听着她说的话，我逐渐心虚起来。如果和那时的鸟子相遇，她会不会注意到我都是未知数。

"冴月失踪时我真的，完全不知道该怎么办才好。突然被一个人丢下——感觉非常可怕。现在也是，虽然空鱼和小樱都在我身边。我一直心怀恐惧，不断寻找着冴月。"鸟子犹豫了一会儿才往下说，"我说，空鱼，我是说如果，如果我不在了——"

"别说了，我们不是约好了吗？"

"我不会自己消失不见的。但是，一直在这种危险的地方晃荡，不知道会发生什么。"

真狡猾，我如此想道。

用这种方式把我们都心知肚明的事，把我们默契地闭口不提的事就这么摆到台面上来。

山丘下的湿地，水面随风泛起了涟漪。水下的变异点也一样，从这里是看不见的。

鸟子对哑口无言的我说道："如果我不见了，空鱼，我担心你会变得像我一样。是我把你拖进寻找冴月的冒险当中，别看我这样，还是有责任感的。你可能确实有些认生，但看上去也能和别人正常地对话……我觉得多交些朋友是件好事。"

"那种东西，我不需要。"

"再这样下去，我会毁了空鱼的人生，把你丢下不管的。我不想这样。"

不是的，鸟子，不是这样的。

明明想要反驳，我这个不靠谱的脑子却只是空转，想不出一句合适的话。

鸟子突然一笑，转过身去。

"走吧。我们放完车就要回去，不是吗？小樱会担心的。"

"啊……嗯。"

鸟子走回了 AP-1 那边，我只能用目光追随着她的背影。脑子里仍然什么都想不出来。

里世界郊游②·世界尽头的海滨度假之夜

我们穿过图腾柱中间，回到了"表世界"。和"里世界"朦胧的阳光不同，"表世界"的阳光毫不留情，在地面上投下的影子也很浓。鸟子的影子走在前边，我的影子追在后面。只是因为两个影子没有并排，也让我感到不安。

抬起一直低垂的头，停在院子前面的一辆黑色汽车映入眼帘。车体擦得光亮如镜，很有压迫感。一看就知道是辆豪车。

难道我们从"门"出来的时候被看见了？我担忧着，但靠近一看，车里并没有人。

"有客人来了。"鸟子自言自语。

"又是豪车，是不是黑道啊。"

我不经大脑思考地说了一句，鸟子淡淡地说："看到豪车就觉得是黑道，这种想法相当小孩子气哦。"我无言以对。

"反……反正我就是小孩子啊。"

"这一点也是。"

"唔……"

鸟子，今天怎么这么坏心眼……

正在我闷闷不乐地想着时，鸟子已经掏出手机开始打电话。

"啊，喂？我们回来了，有人造访对吧？不要进去比较好？……

这样啊，嗯，好——都说知道了，拜拜。"

她挂了电话，再次转向我。

"小樱说可以进去，记得收好枪就行。"

"啊……这样。"

我们把马卡洛夫连着枪套一起卸下来塞进包里，走向小樱的房子。

打开大门，看到一双很大的黑色皮鞋放在三合土地面上。是一双男士皮鞋。我和鸟子对望了一眼，脱掉鞋走进房间，从走廊左边的门里传来小樱的声音。

"这边，进来吧。"

是那个一直关着门的房间，我从没见过里面的样子。朝敞开的房门望去，是个铺着地毯的会客室。桌子和沙发是成套的，小樱和一名陌生男子正隔着桌子相对而坐。

男人朝我们站起来，鞠了一躬。

"打扰了。"

他个子很高，手脚修长，瓜子脸，脸颊凹陷。微翘的长发精心打理过，合身的三件套西装一看就是高级货。感觉在三十岁前后，但待人接物很老成，判断不出具体年龄。

"啊，您好……"

"你好。"

我疑惑地点点头，鸟子打了个中规中矩的招呼。

"小樱，这位是？"

"之前跟你们说过吧。有一个正在研究'里世界'的民间组织，他就是那个组织的一员。"

听了小樱的介绍，男人取出一张名片。

"初次见面，两位是纸越女士和仁科女士吧。久闻大名，在下是DS 研的汀。"

他递过来的名片上写着"一般财团法人 DS 研究奖励协会事务局长汀曜一郎"。

"哦哦，那么，买下我们手里的'里世界'异物的就是——"

"是的，正如您所言。今天我也是为取一件异物而来。"

汀朝放在桌上的一个公文包示意了一下。

"就是小空鱼之前拿过来的那个无限贝壳。恭喜，这样就能吃上好的了。"

小樱揶揄地说。她脚边放着一个很大的纸袋，看上去不像是伴手礼点心……难不成里面是一捆捆的钱吗？小樱付给我们的也是现金。

"我听说两位多次往返 UBL，今日得以一见，不胜荣幸。"

"哦……谢谢。"我对他口中的缩写感到疑惑，含糊地问了一句，"UBL 是什么？"

"Ultra-Blue Landscape（超蓝之境）——也就是二位所说的'里世界'。"

我后背一凉。Ultra-Blue，毫无疑问指的是那片蓝色的光芒。

"那，DS 又是什么的缩写？"

鸟子问。汀明明能答得上来，这次却顿了一下。

"……是 Dark Science。"

"Dark Science？！"

我不由得重复了一句。黑暗科学研究奖励协会？那是什么？

鸟子和我对望了一眼。她似乎也一样感到疑惑，这让我松了口气。还想着鸟子要是说"哇好帅"之类的话，自己该怎么办呢。

汀的脸上浮现出了苦笑。

"听起来是有那么点危险，可能是组织创立那个时代的命名品味吧……当时似乎将科学界的未知领域称作'Dark Science'。"

"是什么时候创立的呢？"

"20 世纪 90 年代前期。现在的话可能会叫作边缘科学（Marginal Science），超科学（Trans–Science）什么的，或者未踏科学。"

说实话这些对我来说都没多大区别。

我心中警铃大作。这家伙，不会是邪教组织的成员吧？"科学界的未知领域"就基本可以确定是伪科学了，大额现金交易更是佐证了背后的黑暗。

"——冴月也，从属于这个组织吗？"鸟子低声询问。

汀点点头。

"是的。闰间冴月小姐是 DS 研的客座研究员，此前她曾赶赴'里世界'进行探查，带回了前所未有的大量异物。非常遗憾失去了她的消息，我也十分担心。"

他坦率地说，鸟子追问道："有件事想拜托你，能不能把我带过去你们的研究所？我想要关于冴月行踪的线索。"

真的假的……

看到鸟子仰望着汀，迫切渴望的样子，我发愁了。

振作点啊，鸟子。如果这家伙是邪教组织成员那可怎么办？你没有戒备心的吗？为了搜寻冴月就什么也不顾了吗？

"这——"

汀有些犹豫，鸟子穷追不舍。

"我直到最近才知道冴月在研究所工作。能告诉我相关的情报吗？什么都好。"

我猛地举起了手，感觉就这么放着不管的话，鸟子要一个人走掉了。

"我……我也去！我也想去研究所！"

我尖声喊道，鸟子回过头来。

"这样好吗？"

"那当然。"

别问我这个好吧？我这么想着说道。

"你在生什么气啊？"

"没生气。"

"……真没办法，我也去。"

就连小樱都说出了这种话，这次轮到我吓了一跳。鸟子也露出了惊讶的神情。

明明是自己说的，小樱却不耐烦地叹了口气。

"总不能把两个笨蛋塞给别人之后就撒手不管吧，我带你们去。可以吧？"

最后一句话是对汀说的。

"真的可以吗？"

汀仍然有些迷茫，小樱对他点点头。

"嗯，让这两个家伙看看——第四类的归宿。"

她说的话像是下定了某种决心，汀终于颔首同意，再次转向我和鸟子。

"明白了。其实应当由我们这边主动邀请你们的，考虑不周，非常抱歉。"

"那，我们可以去吗？"

"是的，各位请同我来。"

汀恭敬地行了一礼。鸟子抿紧了嘴点点头，我偷偷看着她的侧脸，心中的不安难以自抑。

4

"咦，换车了？"

走出门外看到车时，小樱提高了声音。

"是的，这辆是梅赛德斯AMG。"

"奔驰S级啊，赚了不少吧。"

"是公司的车。"

"是你的个人兴趣吧，也没带司机来。"

小樱和汀直来直往的对话让人感觉是认识已久的老友了。我的心里突然浮起了疑云，如果这个DS研什么的是邪教组织的话，那和汀过从甚密的小樱，说不定其实也已经入伙了……

不不不，我摇摇头，试图忘却心头难以理喻的不安。虽然和小樱认识还不到三个月，但在这个总是生气的女子身上从未出现过邪教信徒特有的浮躁氛围。

我察觉到自己想相信小樱，这令我感到费解。如果是高中时的我，光是想到有这种可能性，立马就会和对方拉开距离。

汀低头看着小樱，露出了微笑。

"机会难得，要开吗？"

"可以吗？"

"开车的又不是其他人，我相信您。"

汀用智能钥匙开了锁，把钥匙递给小樱。小樱绕到驾驶座那边，打开门兴冲冲地坐了进去。

"两位也请进。"

我们被他催促着坐在了后排。车座雪白，看上去十分昂贵，令人望而却步。就连左右两个座位间放饮料的扶手箱也是闪闪发光的高级货。

"这个好厉害。小樱，这辆车大概要多少钱？"鸟子一边在车里东摸西摸一边问。

"嗯——两千万左右？"

"两、两千……"

我的心跳不由得停了一瞬，鸟子笑道。

"带回二十个'里世界'的异物的话就买得起了！"

"……你可真乐观啊，鸟子。"

汀坐进副驾驶座，关上门。他隔着座椅转过头，目光停留在我们抱着的巨大双肩包上，说道："两位的行李放进后备箱吧？"

"没关系，这样就好。"

我回答道，鸟子也点点头。双肩包里放着所有刚才把AP-1搬进"里世界"时没带的装备和换洗衣物。一整套探险装备——里面还各有一把马卡洛夫手枪和一挺拆散的步枪。

"系好安全带了吗？要出发了。"

把座位往前面调了一大截的小樱如是说。小樱个子矮，开起车应该不容易，但总是一脸不满的她这次一反常态，看上去非常高兴。

引擎发动了，从屁股底下传来颇有魄力的震感。

"嗯哼。"

小樱发出奇怪的声音，踩下油门。车子碾过砂石驶出院子来到马路上，顺畅地行进起来。

"您喜欢吗？"

"还不赖。"

这两个人到底是什么关系？好像也不是老情人。非要说的话，类似父女或兄妹关系。

反过来说，也可能平时老不开心是因为跟我性子不合，这种程度的友好才是她本来的状态……

不愧是能受邀掌舵两千万豪车的人，小樱的驾驶技术十分高超。引擎发出粗犷的声音，汽车平稳地穿梭在东京嘈杂的马路上。每当前方空出来，有加速的机会时，小樱就会把速度提得很高，让人吓一跳。她看上去和平时懒洋洋的样子不同，兴致非常高昂，我感到另一种意义上的不安。

"小樱，你原来这么喜欢车吗？"

鸟子好像也不知道她的这一面。

"有段时间没开车了，以前那辆也卖了。"小樱回答道。

"为什么？"

"嗯？因为一个人开也很无聊啊。"

"以前是和谁一起开的？"

在鸟子询问的同时，交通信号灯变绿了。小樱没有回答，一脚把油门踩到底，我和鸟子被甩到座位上，发出了小小的悲鸣声。

大约花了四十分钟，我们来到了溜池山王站附近的商业街，这里有一幢玻璃幕墙的大厦。我从未来过这条街道。山王，这名字听起来很强——只留下了这样的印象。从"溜池"二字来看，这边大概有个池子。

道路两旁建筑物林立，对面矗立着巨大的石制鸟居和宽宽的石阶。估计是一座大神社，石阶上方能看见郁郁葱葱的树丛。

汽车开进了大楼的地下停车场，小樱把车精准地停进了一排排豪车中的一角。

所有人都下了车后，她锁好车门，把钥匙还给了汀。

"哎呀——真是辆好车呢，谢了。"

"您如果到这边来工作的话，怎么开都可以哦。"

"虽然机会难得，但我是尽量不出家门的性子。"

我们在汀的带领下进了电梯，从墙上的标志可以看出，这栋楼所有的楼层都属于一家叫作"关东NEXT IT劳灾保险工会健康诊断中心"的机构。

汀从怀里取出一把带着锁的钥匙，插进操作屏的钥匙孔里转了一下。屏幕下方的金属板滑开了，出现了比一般按钮小一圈的数字键。他熟练地移动着手指，电梯开始上升。

原本显示楼层数的液晶屏已经熄灭。不知到了第几层，电梯停下，门打开了。

出了电梯，脚下铺着红色的地毯。走廊是打磨光亮的木墙，投射着复古的柔和光线。看这个内部装潢，说是研究机构，更像历史悠久的高级酒店。

踏着地毯向前走去，是一扇朝两边打开的玻璃门，前面的接待处空无一人。再往前走，接待室里也没有人，从厚重的木桌、皮沙发到桌上放着的金属烟灰缸、器具都十分高级。

我们跟在汀身后，从接待室向更深处的走廊进发。没有任何人的气息。明明看上去保养得十分周到，却有种身在废墟的感觉。

"这里好安静啊，是放暑假什么的吗？"

听了我的询问，汀回答道："我们没有特别设置暑假。平时不怎么安排人手在这里，要是事先知道各位莅临，就会派接待员和工作人员过来了。招待不周，还请原谅。"

"没、没事……"

他礼貌的措辞让我有些抓狂，就像执事一样。没想到这种上流阶级似的人竟然真的存在。

"另外，也因为这一层几乎都是会议室、办公室等功能性房间。其他楼层也有些研究员和医疗人员。"

"你说不怎么安排人手在这里，为什么？"

汀回答了鸟子的问题。

"因为来自'里世界'的物品可能会给人类的身心造成负面影响……难道几位不知道吗？"

我和鸟子齐齐看向小樱。

"你们的眼神是什么意思？代为保管这些异物的我也是一根绳上的蚂蚱。"

"你不应该至少跟我们提一嘴吗？"

"我说，你俩在担心'里世界'土特产的危险程度之前，先想想自己到底在干吗吧。肯定是直接去到'里世界'对身心造成的恶劣影响更大啊。"

"话……话虽然是这么说……不是小樱你说要买的吗！？"

"那是因为我觉得放在你们手里太危险了！别人稍微担心你们一下就得意忘形，我这里可不是当铺和处理赃物的地方哦！"

在我和小樱唇枪舌剑的时候，汀从上方加入了对话。

"好了好了……我们希望回收 UBL 生成物（Artifact）——也就是'里世界'的异物的确是事实。在听闻二位的发现以来，我也确实表示过，希望再有发现时联系我们。"

"你们打算拿到手的异物做什么？当成研究'里世界'的线索？"

我问道，汀露出了为难的神色。

"一开始确实是这么想的，这一理念现在也没有改变。只是，实际上——"

说到一半，汀突然停下话头，像是改了主意。

"所以说，我带你们来是为了让你们看看现实。"小樱怒气冲冲地说道。

"这样真的好吗？"

汀提醒了一句，小樱一言不发地点点头。

两人沉默地对视了一阵子。最后，汀垂下眼睛说："明白了。纸越女士、仁科女士，请随我到下面的楼层来。"

他说着背过身去。我把视线投向小樱，对方高傲地用下巴示意了一下，像在说"赶紧去"。刚才心情大好的小樱去哪儿了？

我们在汀的带领下往下走了两层。穿过门斗似的双层门，消毒水的味道扑鼻而来。

这里和楼上的样子截然不同，在惨白的日光灯照射下，一条没有生气的走廊延伸开去。说起来好像写着健康诊断中心来着……我刚想起来，从对面走廊走来一名埋头看着平板电脑的男性，他抬起头，看向这边。男子是个光头，戴眼镜，穿着白大褂。

"汀，有什么事吗？"

"我正在带人参观这里，大家都还好吗？"

白衣男子惊讶地挑起了眉毛。

"目前状态稳定，不要刺激他们。——那个，各位是来参观的？请不要紧盯着他们的脸，根据症状不同，有些病人也请不要大声对他们说话。看上去虽然像没有意识，但其实能看能听也说不定。"

留下这段话，白衣男沿着走廊离开了。

"可以吗？"

汀问道。虽然不清楚状况，但这里住着重症病人吧——我察觉到了这一点。

走廊里每隔一段距离就有一扇很宽的拉门。每扇拉门旁边是一个面朝走廊的窗户，似乎是用于观察室内情况的。总觉得与其说是医院，更像是动物园或监狱。

我望向第一扇窗。房间里只有床、桌子和椅子，十分单调无趣。看不见人的踪影。不知道为什么，角落里堆着小山般的纸屑，就像用碎纸机绞出来的一样。

"一个人也没有啊？"

鸟子压低声音说，汀摇摇头。

"在那边。"

他用手掌示意了一下那座纸屑山。

在说什么呢？我讶异地凝神注视着。怎么看都是垃圾堆——

下一个瞬间，我一阵战栗，从玻璃旁边退开了。

那不是纸屑，是一个蜷缩着的人。

大致上是人的形状。这个人的体表——皮肤、头发、脸、手指，都变成了细细的碎片垂下，轻轻摇动着。这副惨状宛如将一整个人放进了碎纸机里绞碎，却看不见血和肉的颜色。

"……这是，什么？"

鸟子也看出来了，用僵硬的口气说。

"还活着吗？"

"还活着哦，这很让人同情。他的身体变得非常轻，所以一直被空调的风吹到角落里堆着。不知道他还有没有意识，我衷心祈祷已经没有了。"

汀礼貌而平淡的说明让我感到毛骨悚然。虽然嘴上说还活着，但他的话，就像在描述一个已经死去的人一样。

"为什么会变成那样？"我无法移开自己的眼睛，问道。

"似乎是在 UBL 和某种异象（Anomaly）发生了接触。回来后没有立刻出现异常，但过了几天突然产生了这样的症状——"

虽然说法不同，总之就是在"里世界"误踏了变异点吧。

"可以了吗？我们接着前进吧。"

我记起白衣男说过不要一直盯着看，赶紧把视线移开了。

下一个窗户看过去一片黑暗，开着紫外线灯。房间里没有家具，屋子中央直挺挺地站着一个人影，直立不动的脚部没入及踝的泥土中。借着微弱的可视光，我看到他肩膀往上呈大朵的向日葵形状，枯萎的花瓣，又或是一绺绺头发环绕着低垂蔫坏的圆盘状头部，上面密密麻麻地覆盖着谜之疙瘩。

下一个窗户又变亮了，患者躺在床上。墙上有书架，桌子也非常整洁。横卧着的患者全身长满了从内部冒出来的半透明凸起，这些不规则形状的凸起歪歪扭扭地向上伸去，在天花板表面呈放射状成长着。和我差点被"扭来扭去"干掉时脸上长出的角状物有点像。

再下一个房间，墙壁、地板和天花板都布满了手绘的文字和图形。一名瘦骨嶙峋的男子正专注地写着什么。终于出现了一个在自己理解范围内的患者，我松了口气。这样的光景，在电影里看过——

但这点安心，在我看到男子的手时也消失得无影无踪。从他的指甲里爬出了蠕动的白色细长的虫子，这些虫子在地板上扭着身体，成了字的模样。

"DS 研最初是为了探索名为 UBL 的未知世界而成立的。然而，在研究开始后没多久，就接二连三地出现了牺牲者，因此有组织的探索几乎都被叫停，保护牺牲者、寻找治疗方法成了我们的主要目的。"

汀毫无感情的声音从我们头上传来。

"那，这些人本来是？"

"是的，是进了'里世界'或触碰了来自'里世界'的物品而发生异常的人。与 DS 研创立相关的企业高管、议员有关系的人，他们的家人，甚至他们本人也在其中。失去了原有目标的 DS 研之所以还能继续活动，是因为有这些人在提供资金。"

总觉得是个非常鲜活的故事……这么说来，那个所谓劳灾保险什么的也是为了购买医疗设备的伪装吗？

我回过头，想听听小樱的意见。从刚才起就觉得小樱非常安静，只见她背对着观察窗，跟在最后面。

"小樱，你说想让我们看的，是这个吗？"

"没错。"

小樱盯着空无一物的墙壁，眉头紧皱。

"我不想去'里世界'的原因，你也稍微明白了吧？"

"是的……但，你没有阻止我们过去呢。"

我这句话让小樱的目光变得凶险起来。

"我已经不再期待能阻止别人了。再怎么阻止，想去的人还是会去。笨蛋——你们俩真的是笨蛋。"

小樱的声音变得嘶哑。

"差不多看够了吧。看了这幅光景之后还没有危机感的话，我也管不着你们了。"

她吐出这句话，背过身去。

"两位，可以了吗？"

汀问道。没有异议。我和鸟子点点头，跟在怒气冲冲的小樱身后顺着来时的路走了回去。

我最后回头望了一眼，或许是因为灯光明亮得眩目，这条由一间间病房组成的白色走廊似乎无穷无尽，一眼望不到头。

5

我们从设有病房的楼层下楼，这次坐的电梯，和一开始那部精致的电梯不同，是一部货梯似的电梯。

不知道下了几层，到达了写着"实验室"的楼层。走廊里的灯光只够勉强照明，走了没几步，带路的汀站住了。

"这里就是闺间女士以前的实验室。"

他说着打开了门，按下墙上的开关。日光灯管闪烁着，照亮了室内。

这是一个没有窗户的房间，天花板很高。塞满了书籍的铁架子把一张大书桌团团围住。墙上满是用图钉固定着的各种各样的东西，地图、剪报乃至房地产的广告和演唱会宣传单，还有便签、字条、图钉和把图钉间系着的绳子等，乱七八糟。

鸟子一言不发，摇摇晃晃地走了进去。我也跟在后面。小樱走在我旁边，默默抬头望着书架。

"小樱，这样没关系吗？"

"什么没关系？"

"这是冴月的房间吧？那个……"

"哦哦，我已经来过很多次了。"

"啊……也是呢。"

"冴月还在时也来过，失踪后也来过。虽然我理解鸟子的心情，但如今再来翻这个房间，也找不到什么线索。"

说着，她露出了放弃的微笑。

鸟子来到桌旁，打开抽屉，翻动桌上散落的科学杂志，十分浮躁地动作着。看这势头，如果放着不管估计要抄家，把所有东西都翻个底朝天。

鸟子突然停止了动作。她回过头来，手里拿着一本 B5 大小的黑色革面厚笔记本。

"这是什么？"

"是闰间女士的研究笔记。"

汀刚开口回答，鸟子就拨动金属扣打开了笔记本。

然后，她僵住了。

"欸？"

"怎么了？"

"看不懂……"

我凑过去一看，吃了一惊。确实，一个字也看不懂。用整洁的字迹挤挤挨挨写着的，是从未见过的文字。

"闰间女士的研究笔记都是用自己独创的文字加密过的。"

"为什么？"

"可能是为了防止自己的研究成果被盗取。在她失去下落后，我们也曾经尝试过解读这些暗号，但没有成功。"

"小樱！这个，你能看懂吗？"

鸟子回头问道，小樱耸耸肩。

"我要是看得懂早就看了。在冴月失踪后，你知道我调查过多少次这本笔记本吗？"小樱悲切地垂下眼睛接着说，"我也曾妄想过她会留下些只有我才能懂的线索，但都是徒劳。抱歉，我什么都不知道。"

"……这样啊。"

鸟子泄了气，一屁股坐在办公椅上。

"到底去了哪里啊，冴月。"

她爱抚着椅子的扶手，自言自语地小声说。我感觉自己像看了什么不该看的东西，不由得背过脸去。

鸟子的精神状态和刚刚看见的第四类接触者们的末路——两件令人担忧的事同时袭来，我已经受够了。

"没事吧？不好意思，您的脸色有点——"

汀惊讶地看着我的脸。

"没什么，我没事。"

我擦去额头上渗出的汗，抬头望着汀。在楼上给我们看了那种东西之后，不应该现在才来问有没有事吧。

"汀先生也是这里的研究员吗？总觉得几乎没有工作人员，不像是正在运作的研究所的样子。"

听了我的询问，汀很干脆地点了点头。

"正如您所言。至于我，不过是这栋建筑的管理人罢了。为了伪装和筹措资金而开始的劳灾保险经营很顺利，下到那边的楼层就有很多职员，但最关键的研究所，就像各位看到的那样，只剩下空调在无所事事地搅动着这层楼的空气。"

"这个研究所是 20 世纪 90 年代初设立的来着？当时是什么样的呢？"

"DS 研本来是某家知名电器制造商内部举行的学习会。这个学习会一开始以'寻求新时代的生命科学'为口号，成员们在会上讨论气功、自由能（Free Energy）等新时代话题，探索其实用性。"

他说出的词汇充满超自然色彩，让我感到恐惧。要不是刚才看见了"里世界"牺牲者们的样子，现在我肯定已经毫不犹豫地把他们定位为邪教组织了。

"现在听来可能令人惊讶，但当时这种性质的活动为数不少，其中还有政府机关主导的组织。不久后，发生了邪教团体引发的恐怖袭击事件，人们对邪教团体的回避感急剧上升，所以这些组织都转入地下活动，但仍存在于企业和政治团体的内部圈子里。DS研中也有议员和政府官员参加，得以存续下来。然后，就在那时——"汀的目光游移着，像在思考。他继续说道，"您听过丹光吗？丹光指的是闭上眼睛也能看见的光，本来是仙道用语。人们通过反复修炼小周天，眉心内部会出现光芒，据说专注于这道光，就能打通第三眼什么的。"

没听说过。

"瑜伽里也提到了同样的概念。通过冥想渐渐就能看到光，开了不同的脉轮（Chakras），看到的光颜色也不同。"

"这样啊，听上去真可疑。"

我皱起眉头，小樱摇摇头。

"真的能看见哦。把人放到黑暗中，大脑就会擅自创造出不存在的光来。你们在暗处闭上眼睛，看着眼皮里面，马上就会知道那并不是完全的黑暗。"

"咦——原来是这样啊。我来做做看好了。"

鸟子佩服地大声说，小樱用鼻子嗤笑一声。

"别了吧。自说自话地实践超自然现象是通往自律神经错乱的捷径。尤其是像你们这种本来精神的平衡感就已经很糟糕的家伙，一定不要试。马上就会坏掉的。"

我眨眨眼睛，看着小樱。

"是这样的吗？"

"人类眼中所看见的，是感觉器官获得的信息通过脑内的视觉处理程序处理后输出的结果。所以在中途介入的话，甚至能有意识地让人产生幻觉。更别说丹光这种东西都不是清晰的影像，只是光而已。只是平时，我们的大脑在进行这些处理时都是无意识的，再去尝试就会失常。"

"就像有意识地呼吸时反而会觉得呼吸困难一样吗？"

"就像思考要把下巴放在被子外面还是里面时会在意得睡不着觉一样吗？"

我和鸟子各自说了一个比喻，小樱敷衍地点点头接着说："所以，要看见丹光什么的再简单不过了。因为谁都能有这样的体验，所以日本的通俗超自然主义者把这些当成入门毒品一样在用。他们把仙道和瑜伽杂糅在一起，用来做生意。大部分都是用点儿神秘体验来薅羊毛的洗脑传销，但其中也有人被引向了具有杀伤性的邪教组织——"

小樱仿佛想起了什么，看了看我，又把目光投向鸟子。

"小空鱼可能不会被骗，但鸟子你还是算了吧。你这家伙意志薄弱，被一起神秘体验哄进邪教也不是没有可能。"

"欸，好过分啊？我的意志有那么薄弱吗？"鸟子惊讶地说。

"抗打击能力那么差，看到亲近喜欢的人就摇着尾巴屁颠屁颠地跟过去，这世上可不是人人都是我这样的大善人。"

听了小樱辛辣的评价，鸟子噘起了嘴。

"我才不会那么轻易跟别人走呢——会好好挑选对象的。"

"那可说不定。对吧，小空鱼？"

"啊，哦。"

我呆呆地应了一声。像小狗一样摇着尾巴的鸟子从脑中掠过，让我走了神。

正当我试图恢复冷静时，汀再次开口。

"我也不推荐这么做。刚才各位在楼上看到的病人中，也有人是以此为契机发病的。其实DS研发现'里世界'存在的契机，正是丹光。"

根据汀的说法，事情经过是这样的——

DS研此前试图通过瑜伽和仙道修行、冥想等，实现"精神的扩张"。虽然不知道指的是什么……组织开始从神秘主义逐渐沦陷，走上了邪教化的道路。然而，在这个过程中，发生了奇妙的事件。进行冥想的成员在丹光之中看到了不可思议的光景。

枯黄的草原。不知是出于何种目的设计出来的建筑物废墟。幽深黑暗的森林。有着雪白沙滩的海岸。

在这片宛如文明灭亡后的光景中，一个人也没有。

有相同体验的人逐渐增多，最后终于有人进入了那片光芒。

当时产生的丹光是非常深的蓝色，因此这个世界被命名为"超蓝之境（Ultra-Blue Landscape）"——UBL。

"……冴月说的'蓝色的光很危险'原来指的是这个。"鸟子低声嘀咕道，"为什么是蓝色的呢？空鱼说过看见的是银光，对吧？"

我默默点头。回想起至今为止接近蓝色光芒的情形，都是些相当危险的地方，像风车女把我们引过去的那个模仿鸟子公寓的房间、前段时间的海滩等。蓝色光芒毫无疑问是进入"里世界"深层领域的预兆。如果是这样的话，通过蓝色的丹光，也就是直接接触了那个地方？

"刚才我说修炼瑜伽打开的脉轮不同，看见的光的颜色也不同，因此，据说位于喉部的第五脉轮是蓝色，位于眉心的第六脉轮是深蓝色。莫非在传统神秘主义的技法中包含着接触'里世界'的方法——DS研内部也出现了这样的声音。任何文献中都没有提到这个类似于奇怪草原的地方，但当时谁也没有在意。大家都沉醉在自己所发现的这个未知世界里。"

汀的话里潜藏着某种不祥的东西。

"'里世界'的探索开始了，人们甚至能从那边带回一些物品。研究者们认为这是精神物质化的成功，并发现这些物品能进行一些目前科学无法解释的活动，因此欣喜若狂。然而——"

他们的喜悦并没有持续多久，UBL接触者们的精神开始出现异常。发狂、失踪事件相继而来，甚至出现了肉体发生剧烈变异的人。

"死了很多人，幸存下来的大部分人也都不能再回到社会生活，正如各位刚才看到的那样。此后，DS研便以护理'里世界'牺牲者为主要活动，一边探寻着治疗的线索，以此为名苟延残喘了下来。"

"你说治疗，可那样子的能治好吗……"

我脱口而出的话可能有些粗神经了。说完后才回过神来赶紧噤声，但汀回答时的神色没有丝毫变化。

"说实话，治疗没有丝毫头绪。因此，实际上近似于临终关怀里的疼痛控制……不，很多时候甚至连临终关怀都做不到。不知道是否正承受着痛苦的患者不止一个两个。但即便如此，考虑到研究'里世界'和从'里世界'来的物品将来可能派上用场，DS 研仍在继续着活动。"

最初的戒备感已经淡化，不知不觉间，我被这个故事吸引了。假如汀的话属实，他们就是从另一个途径进入"里世界"的。虽然结果非常可怕。

"冴月之前是做什么的？"鸟子问。

"闰间女士是从几年前开始接触 DS 研的。她称自己有更安全的方法往来'里世界'，也带来了 UBL 生成物（Artifact）的实物，所以我们为她准备了一个研究员的席位，但她放进保管库的那几个生成物的相关调查都毫无进展。"

"她是从哪里知道'里世界'的存在的呢？小樱你问过吗？"

"不知道。把我拉进来时冴月已经在 DS 研活动了，但她采取的是客观途径，通过找出各地的'里世界'入口实现入侵，与神秘主义手法无缘。"

"是的，她采用的途径与 DS 研究全不同。似乎是从奇怪现象发生的现场和凶宅等侵入'里世界'的。据说在那些地方，多有'里世界'生物或异物泄漏到这边。"

我是在废墟探险中发现通往"里侧"的门的，和她的风格有些微妙的不同。说不定前往"里世界"的方法比我想的要多得多。

"此外，为了扩大'里世界'调查的规模，我们拜托她去挖角可造之才。仁科女士也是其中一位吧？"

听了汀的话，鸟子忽然抬起了头。

"其中一位？"

"是的，我记得闰间女士曾对我说过，有好几个年轻人都是她的目标。"

"……"

除了鸟子和空手家以外，冴月还有其他的棋子吗？

我已经决定要无视所有跟冴月有关的感伤，但看着鸟子悄然无声的样子，我的决心动摇了。

别露出这副表情啊，鸟子。

把那个女人忘了吧。

正在我看不下去，打算开口喊她的时候，鸟子好像想起了什么，把视线转向我。

"……对了，空鱼，你能读读看这本笔记吗？"

"欸？"

明明知道我看不懂，在说什么傻话。

鸟子向迷惑不解的我探过身子。

"你不会忘了自己的右眼吧？"

"……"

"这边的文字去到'里世界'就会变得奇怪对吧。但反过来，'里世界'不是也有我们能看懂的文字吗？你觉得如果把那些文字带到这边，会变成什么样？"

"不……慢着，你是说这本笔记上写着的是'里世界'的文字？"

鸟子看向手中笔记本的黑色皮革封面。

"不知道，但试试也无妨嘛？如果这不是冴月自己独创的，而是'里世界'的文字的话。"

回过神来才发现不只是鸟子，就连小樱和汀也注视着我。

"你的意思是小空鱼用她的右眼就能看懂这本笔记吗？"

"只是我的突发奇想而已。"

"非常有趣的想法。如果真的是这样，就说明闰间女士能够理解'里世界'的语言体系吧？"

这两人严肃地逼近，我一点点后退。

鸟子站起身，径直走过来。

"空鱼——求你了。"

我无法抵抗她直直的注视，背过脸去。

"……OK，我知道了。"

我依言拿过那本笔记，黑色的革面仿佛紧紧吸住了我的手指。

就算失败，那也不是我的错。鸟子也不会责怪我的。但我害怕让鸟子失望，心情也沉到了谷底。

"总之我试试看……"

这么说着，我拨开了笔记的金属扣，打开了夹着书签的那一页。

深呼吸，把右眼的注意力集中到那一列列意味不明的文字上。

"……啊。"

文字——变了。

在我的眼中，文字变得模糊，像纸上晕开的黑斑，然后又变成了另一种形状。

"怎么样，空鱼？"

"……变得，能读了。"

"真的假的。"

小樱发出一声呻吟，汀也凑了过来。

随着形状的变化，文字所隐藏的含义也浮现出来——

"是什么？她写了什么？告诉我。"

鸟子探出身子询问，她的声音干扰了我的注意力。好吵啊，我一边想着，一边就这么把写着的东西念了出来。

"上面写着圜圜圜圜圜圜圜圜圜圜圜圜圜圜圜圜圜圜圜圜圜圖圖圖圖圖圖圖圖圃圃圃圖圖圖圖圖圖圖圖圜圜圖甶國國國國囵國國甭國國囵國國國甶圖圜圜圖國甶圈圈圈圈圈囼圈圈圈囼圈圈圈圈甶國圖圜圜圖國圈囿囿囿囿囵囡囡囡囿囿囿囿圈國圖圜圜圖國圈囿困困困困囡困困困困圈圜國圖圜圜圖國圈囿困固固因囲囲囲因固固困圉圈國圖圜圜囵國圈囡困固囮囲因回因囲囮固困囡圈國囵圜圜圖囵囡囡囡囡固因囲回囚回囲因固囡囡囵圜圜囵國圈囡困固囮囲因回因囲囮固困囡囡囡圖圜圜國圈囿困固固因囲囲囲因固固困圉圈國圖圜圜圖國"

圈圄困困困困困囵困困困困圉圈國圖圜圜圖國圈圄圄圄圄圄囵囵囵
圄圄圄圄圄圈國圖圜圜圖國甬圈圈圈圈囵圈圈圈囵圈圈圈圈甬國圖圜
圜圖甬國國國囵國國甬國國囵國國國甬圖圜圜圖圖圖圖圖圖圖圖圖圖
甬甬甬圖圖圖圖圖圖圖圖圜圜圜圜圜圜圜圜圜圜圜圜圜圜圜圜圜圜圜圜
圜圜圜。"

抬起埋在笔记本里的头，我发现三人呆若木鸡地看着自己。

"刚才，我，说了什么？"我捂住嘴，缓缓问道。

这时，屋内突然闪过一道炫目的光。

那道强光宛如无声的闪电，是蓝色的。我条件反射地闭上眼睛，眼皮内侧烙下了黄色的残影。

战战兢兢地睁开眼时，一股让人毛骨悚然的感觉袭来。

屋子里又多了一个人。一个黑发黑衣，个子很高的女人。

是我在逃出"里世界"海滩时，在"门"对面看着我们的那个人。

闰间冴月。

除了我以外，所有人都在找她。而那个女人正悬浮在鸟子身后的半空中。

6

"呜啊啊！"

受惊的我大叫一声向后跳开，巴在了书架上。我指着鸟子背后，颤着声叫道："后面！后面！！"

鸟子迅速回过头，小樱抱着脑袋当场蹲了下去。

"欸？什么也没有啊……"

鸟子惊讶地说。小樱小心翼翼地向后看去，然后松了口气似的放下了手。

"干吗啊……别吓人好不好！"

"纸越女士……您怎么了？"

继愤然站起身的小樱之后，汀也担心地询问。

我难以置信地望着三个人的脸。他们看不见吗？这幅景象在我眼中明明那么清晰。

我再次抬起头，看向闰间冴月。

她的眼睛一瞬不瞬地紧盯着鸟子，就像投影在半空中的静止画一样。女人低着头，手脚无力地垂下，看上去非常不祥。她的右手拿着什么四方形的东西，那是？

"空鱼，没事吧？"

"欸，啊……嗯。"

我总算把视线拉回了鸟子脸上。她从椅子上站起来，盯着我的脸。

"你的右眼看见了什么？"

鸟子严肃地问，我语塞了。

一不小心作出了反应。要是知道只有自己能看见的话，就算闰间冴月突然在我眼前出现，我也能装傻瞒过去的。怎么办？要怎么做才能蒙混过关？

应该放弃挣扎说出来吗？冴月出现在了这个房间里，此时此刻，也在注视着鸟子——

这么重要的事，当然应该告诉他们——这样的心声和绝不愿让鸟子知道这件事的心情在胸中交战，我完全当机了。

一句话都说不出口，我缓缓摇了摇头。

"空鱼，告诉我。那里到底有什么？"

"没……没有！什么都没有！"

我痛苦万分地喊了出来，就在这时，余光里有什么四方形的东西落下，啪嗒一声掉在地上。

掉落在那里的是一个边长二十厘米左右的木结构立方体。零部件咬合在一起，如同木片镶嵌艺术，表面布满了复杂的接缝。没有看上去像是盖子的地方——是刚才闰间冴月拿在手里的东西。

抬头看去，刚才还浮在空中的女人霎时间失去了踪影。

"这是？"

汀怀疑地小声说，除了我以外的三人也都把目光投向了那个突然出现的盒子。我迅速用右眼看去，只见盒子周围包裹着强烈的银色磷光。

盒子内侧有某种东西想穿透表面出来。先是又短又尖的喙，然后出现了一只像百舌鸟一样胖墩墩的鸟。鸟的身体半透明而略带红色，翅膀约有一指长。

离得最近的小樱只是有些嫌恶地低头看着盒子，对那只红鸟没有任何反应。

鸟拍动翅膀飞到了空中，发现它的喙对准了小樱，一阵不祥的预感向我袭来。

"小樱，小心——"

正当我想警告她时，鸟拍打着翅膀，冲着小樱直飞了过去。

我猛然飞扑向她。

"你？！"

小樱的身子非常轻。尽管我觉得自己力气不大，或许是那一瞬间的蛮力，推出去的距离比我想的要远。小樱的肩膀撞到了书架，发出痛呼。

"很痛啊！突然干吗？！"

"抱、抱歉，刚才，那只鸟——"

我一边语无伦次地解释，一边环视屋内寻找红鸟的去向。不在……去了哪里？

回过神来，鸟子正带着非同寻常的狰狞神情看着我。

"怎……怎么了？"

"空鱼——"

鸟子向我伸出了手。一瞬间还以为要被打了，我缩了缩脖子。

她的双手放在了我的肩上。保持着这个姿势，鸟子的头咚地碰在了我的胸口。

"欸？"

就在一头雾水的我跟前，鸟子双膝一软。我慌忙扶住她摇摇欲坠的身体。

"鸟……鸟子？"

"呜……"

她眉头紧皱，脸色十分苍白。

"喂，你怎么了？！"

小樱也发现了异常，过来帮我一起扶住她。

"肚子……好痛……"

鸟子从紧咬的牙关间挤出这句话。

我和小樱两人把她扶到椅子上坐下，鸟子弯下腰，整个人像折成了两半。那只红色的鸟穿过她的后背啪嗒啪嗒地飞了出来，在我们头顶盘旋，又回到了盒子里。我无能为力地目送着它。

糟了——我到底在干吗？正如我一开始料想的那样，那只红鸟会对人不利。在我保护小樱时，鸟子就中招了！

"那个立方体——难道是——"

汀凝视着盒子，他的脸色变了。

"你知道这个东西吗？"我追问道。

"是闰间女士收集而来的 UBL 生成物，已经被严格封印在保管库里，为什么会在这——"汀回答道。

没有为什么，就在刚才，闰间冴月本人——或者起码是以她的姿态出现的什么东西，自己把盒子放在了那里。

"她说是从山阴地区回收的，好像被当作诅咒道具使用。据说只会对它周围的女性和孩子的内脏造成损伤。"汀依然看着地板上滚落的盒子继续说道，"名字好像叫——取子箱。"

我受到了冲击，凝视着那个木箱。

偏偏是……那个性质恶劣的东西吗？

"取子箱"是源于岛根县的一桩真实怪谈。

某一天，来到主人公家里玩的朋友带来了在自家仓库里发现的一个古老木盒。看到那个木盒，在场的另一个人——有灵异体质的朋友面色大变，开始向担任神职的父亲打电话。当朋友意识到在场能应对这一状况的只有自己时，他边哭泣边呕吐，执行了一场壮烈的驱邪仪式。

仪式结束后朋友浑身无力，说"总算是没事了"。当主人公询问这是怎么一回事时朋友表示这个木盒是一种穷凶极恶的诅咒道具，为了让目标断子绝孙而做出来的，名叫取子箱——

这个在网络传说中也十分有名，不能靠近的危险物品此时就在我的眼前。

——为什么要把这种东西带过来啊，闻间冴月！

这已经可以说是怀着明确的恶意了吧？为什么要让鸟子肚子痛？你们不是朋友吗！

因为鸟子遭到毒手，我比平时更加激动，把意识集中到右眼盯着取子箱。我紧盯着它问道："汀先生，这里有坚硬的棍子之类的吗？能把这个盒子打碎的那种。"

"有的。"

汀挥动右臂，传来了金属的"当啷"声。他向我伸出手，手里握着一支伸缩式的特殊警棍。这人一直藏着这种东西吗？真是个危险的男人——尽管内心感到害怕，我还是说道："请把那个东西破坏掉，现在马上。"

"破坏它没事吗？"

"放着不管的话鸟子会被干掉的，虽然汀先生应该不会有事。"

听我这么说，他点点头。

"明白了。"

汀一挥手，特殊警棍击中了取子箱表面。

盒子没有坏，只发出了打在墙壁上一般的闷响。

简直就像是对攻击的报复一样，鸟从盒中接二连三地涌现出来。

"S……Stop！ Stop！"

我慌忙阻止了打算进行第二次攻击的汀。

汀停住攻击，放下警棍。在他身旁，看不见的诅咒之鸟分成两队飞过。

鸟儿们慢慢飞向空中，它们的目标是在椅子上呻吟的鸟子。我猛地伸出手试图阻挡，但没有用。红色的鸟群穿过了我的掌心，没有留下任何感触。

"呜呜……"

鸟子痛苦地喘息着。每当红色的鸟穿过身体，她便发出像被刺中般的呻吟声。

鸟群从鸟子后背飞出，又回到盒中。它们口中都衔着红色的东西，就像是啄落的内脏。

或许是感知到有人对自己出手，红鸟这次也朝我袭来。

没时间躲避，它从我的肚脐附近飞了进去。下一个瞬间，下腹部传来隐隐的违和感，并迅速化为了刀刺般的疼痛。

"痛……"

我咽下一声痛呼。之前没体会过被鸟穿透身体的感觉，痛得让人想一屁股坐下。

红色的鸟儿们像捕捉到了目标的导弹一般沿着不同的轨道冲了过来，宛如慢放镜头里爆开的炸弹。而且是那种自动寻找的炸弹，每一块弹片都会跟踪目标，把牺牲者打成马蜂窝。因此，就算移动身体想要躲开这些鸟也是徒劳。明明看得见，却躲不开。只能看着自己被一点点逼近的弹片撕裂——太凶残了。作为诅咒道具确实很有效。

"喂，小空鱼。怎么样了？"小樱一边抚着鸟子的背一边问。

"鸟……鸟子她中了取子箱的诅咒。我试着破坏盒子，但打草惊蛇了。"疼痛和恶寒让我皱紧了眉头答道，"再这样下去，小樱你也有危险。赶紧离开这个房间。"

"你打算怎么办？"

"我会……想办法的。"

"想什么办法？"

"现在正在想。"

我疯狂转动着大脑。如果子弹能奏效的话，我现在立马就用枪把它打成木屑，但看来没法破坏它。要让对驱邪的方法一无所知的我来干掉这个盒子，该怎么办才好？

按照网络传说的原文，取子箱里面是有东西的。好像是好几人份切下来的指尖和脐带吧——诅咒的核心被盒子的四壁保护着。

假如必须直接攻击里面的东西才能根绝诅咒的话，就必须想办法打开这个拼图似的盒子才行。

为此，除了我的右眼，还需要鸟子的左手。

我凑近抱着肚子的鸟子，用手拍拍她的脸颊。

"鸟子，帮我个忙。"

"呜呜……"

"很痛吧。对不起，但不得不做。"

鸟子抬起毫无血色的脸。

"这次，要摸什么东西？"

她的表情因为痛苦而扭曲，让我移不开目光。

紧锁的眉头。被汗水濡湿，贴在额头的发丝。因为间歇性疼痛而痉挛的脸颊。原来鸟子还会露出这样的神情……

"空鱼？"

"啊……嗯。那个，你看得见掉在那里的盒子吗？鸟子之所以会肚子痛，就是那个的缘故。"

我重振精神答道，鸟子转过头看着那个盒子。

"明白……然后呢？"

"我们在逃出海滩时把八尺大人的帽子撕了对吧？现在要再做一次同样的事。"

"就是打开'门'？"

"不是。怎么说好呢，那个盒子里有类似于诅咒源头的东西。我想，只要能打开盒子，就能直接攻击到它。"

"……果然很厉害啊，空鱼。"

面色苍白的鸟子微微一笑。

我向汀回过头去。

"我们要打开那个木盒，不知道会出来什么东西。所以，以防万一请你们到房间外面去。小樱就拜托你了。"

"我不能——"

汀试图提出异议，我打断了他，快速地说了下去。

"汀先生你会不会怎么样我不知道，但让小樱待在取子箱附近很危险。我们有能力保护自己，要是有什么到那边去了麻烦你保护她。"

实际上我不知道汀到底有什么本事，但他都带着警棍了，应该有两下子吧。

汀又犹豫了一会儿，最后还是点了头。

"……明白了。"

"慢着，小空鱼，我——"

"抱歉。现在有点，没法照顾你了。"

看到我的脸，小樱咬住了嘴唇。

"知道了……拜托你了。"

小樱一步三回头地出了房间。汀行了个礼，关上了门。

房间里只剩下我们两个人，我的忍耐达到极限，当场蹲了下来。

"空鱼，你还好吧？"

"呜——好……痛痛痛……好痛啊——"

红色的鸟啄食着我的腹部，我除了呻吟别无他法。真想把它们全烤了。

鸟子从椅子上滑下，爬了过来。我们俩互相倚靠忍受着痛苦。遗憾的是即使互相靠着，该痛的也还是痛。

"啊——超他妈的痛……真火大。"

"这是内脏在痛吧。"

"拖久了很危险，要赶紧动手。"

我们喘着粗气，四肢着地挪到盒子旁边。

"这个盒子，是不是突然从空中落下的？在空鱼读了笔记之后……"

"抱歉。这个，是我的错。"

我说道，后悔地咬牙切齿。我太蠢了。在"里世界"，只要犯下一个错误就可能没命——明明知道这一点，还是一不小心，什么都没想就把冴月留下的文字念了出来。就算是受鸟子所托，那也轻率过头了。

"不，是我让空鱼读那本笔记的，所以……可是你当时为什么那么惊讶呢？"

"欸？"

"就在盒子出现前。"

"那是因为……在它出现前我就看到了。"

在鸟子再问些什么之前，我用双手捧住了取子箱。从手掌心传来微微的温度，仿佛里面有什么热源。

"碰它没事吗？"

"不知道，反正都已经中招了……"

我慎重地拿起它，仔细观察着表面。镶嵌的木片上有银色的线条，这是打开盒子的唯一线索。"里世界"和"表世界"之间的边界经过复杂的折叠成了盒子的形状，刚才的鸟群就像从这些缝隙间渗出来的。

我打算做的其实就是拆弹。让这个早已引爆，现在正把我们撕得稀烂的炸弹解体。

"我拿着这个，你能照我说的用左手触碰它吗？"

"OK。"

鸟子摘下手套，面向木盒的其中一面。

"按住中央，转一下试试。"

"朝哪边？"

"我不知道，朝能转的方向吧。"

受到鸟子的触碰，银光变得越发明亮了。她的指尖自然而然地按下，逆时针转了一圈，盒子表面的零件像花瓣般错开，一边向外扩展。

"动了！"

"OK……这次从这里，向下拧开试试。"

鸟子的指尖移动着磷光，与此同时零件也随之移动。里面发出的光正是盒子的本体。这是只有我的眼睛和鸟子的手合作才能解开的谜题。

挪动、旋转、按下、打开、折叠、扣上……零件的移动一开始很简单，逐渐变得越来越复杂。突然，鸟子担心地说："你不会让我把这个恢复原状吧？"

"这我倒是没想过。"

"这有点——做不到的，不行不行。"

每当零件移动，组成新形状时，红色鸟儿的数目也渐渐增加。同时，疼痛也逐渐变得剧烈。可以看作在接近盒子中心吗？集中注意力观察磷光，就能透过零件的间隙看到光从中心向外侧流动。我们正顺流而上，向着中心前进。

"好像之前也和鸟子做过一样的事，在狩猎'扭来扭去'的时候。就像这样，一边忍受着痛苦。"

"啊，的确。那时状况可糟了。"

"虽然这次不像那时一样想吐……但好——痛啊，真是的。"

为了转移注意力，我们不停说着无聊的话。

"这要到什么时候才是个头啊？"

"不知道……到不痛为止？"

"欸？那说不定还不如炸弹呢。这才是'Hurt Locker'吧。"

"那是什么？"

"一部关于拆弹的电影，你没看过吗？"一边说着，鸟子的身体向旁边倒去，"抱歉，我能稍微躺会儿吗？"

"我……我也想。"

我们俩一起躺了下来，已经连坐起身都做不到了。我们趴在地板上，手活动着，继续处理诅咒炸弹。

"总觉得……这样做，就像两个人躺在一起玩桌游一样。"

"我不要这种桌游……这不是地狱吗……"

不知不觉间，立方体早已消失，取子箱变成了一个像微缩立体迷宫一样的奇怪物体。无数零件被展开，从我们手里溢出，向四周延展开去。难以想象这些零件都放在一个边长二十厘米的立方体之中。

"空鱼，刚才你在让小樱离开房间时，自己也在忍着痛吧。"

"有这回事吗？"

明明那么痛，真亏你能看到啊——我一边想着一边说了谎话。

"为什么没说出来？不想让小樱担心吗？"

"小樱在这里也帮不上忙嘛，还会说话。要是连我也疼得喊出声了，房间里会变得很吵吧——"

"这样啊。"

鸟子微微一笑，又露出了那副温柔守候的表情。

"干……干吗？"

"我放心了。果然就算我不在，你也能好好的。"

"哈？你能不能不要在这种时候说奇怪的话？"

看到我的反应，鸟子轻轻笑了一声。

"要趁还能说的时候说。你看，也不知道之后会发生什么。"

"都让你别说了，手动起来。"

尽管我表现得很抵触，鸟子还是继续往下说："我之前很担心如果自己破坏了你的人生后又消失的话，会变成什么样。但空鱼一定能振作起来走下去，因为我一直在看着你。"

她因为痛苦而垂下了头，却没有停下话头。就像发烧时说着胡话。

"如月车站，那些美军幸存者你也努力救出来了。一开始很讨厌沙滩，但在那霸也好，石垣岛也好，都过得很开心。小空手家向你求助时，你也帮了她。还给她起了绰号，明明都没有给我起过。"鸟子的声音里带着一丝不满，"虽然你一直在意着小樱说的话，但空鱼，你并不是没有心哦。你非常非常温柔。我，知道的——"

"都说不是了……不是这样的……"

"刚才也是，你猛地扑过去护住了小樱对吧，而不是我。"

"对……对不起。"

我歉疚地说，意外的是，鸟子摇了摇头。

"不是在责怪你。空鱼，因为之前的你觉得除了我之外无所谓，所以发现你也会关心别人，我非常高兴。我说过的，你应该更多去了解我以外的世界。所以，当我不在以后，也一定——"

"别说了！为什么要说这种话？！"

我不禁大声说，这时从两人之间传来了咔嚓一声。

在我和鸟子伸出的手前方，在不断向周围扩张着的零件群正中央，有一个立方体盒子。看上去和一开始那个盒子的大小差不多，但这个盒子的表面很脏，给人非常古老的印象。它不是拼图状构造，上面似乎有个盖子。这附近留下的大片银色磷光都是从盖子的缝隙间溢出来的。

终于抵达了，取子箱的中心——诅咒之核。

"……鸟子，就是这个。"我一边调整呼吸一边说道。

我们躺卧在地，上方是盘旋的红色鸟群。这些长着翅膀的诅咒相继飞下，衔走我们的肚肠。肚子痛得就像被好几根烧红的铁签穿透一般，让人几近晕厥。比我先中招的鸟子应该更难受吧。

"待会儿再说这些有的没的。现在我们先打开它，把里面的东西毁了。拜托你，再坚持一下下就好了。"

"……"

"鸟子？"

我唤道，没有回应。鸟子的脸颊贴着地板，就这么闭着眼睛。昏过去了吗——我伸出手摇晃她的肩膀。

"鸟子，鸟子，快起来，再坚持一下就好了。"

"……"

"鸟子！"

尽管我提高了声音，鸟子还是一动不动。我不安起来，把手伸到她嘴边。用手背靠近她的唇，近到几乎要贴上的程度。

——没有呼吸。

"骗……骗人的吧。"

我爬到鸟子身边，拼了命扶起她瘫软无力的身子，把她翻了过来。尽管后背重重摔在地板上，鸟子还是没有反应。

"慢着，别这样啊。就在刚才，还在说些烦人的话……说个不停的……"

我的声音在颤抖，或许不全是疼痛的原因。

"起来啊！鸟子！快睁开眼睛！"

冲动之下我抬起右手打了鸟子的脸颊。发出了"啪"的一声，听起来很痛。一瞬间我有些犹豫了，但鸟子仍然没有醒来，于是这点体贴也被抛到了九霄云外。

"快起来！起来啊……叫你起来啊，鸟子！"

我一边喊着，一边反复抽打鸟子的脸颊。不行，没有反应。

"对、对了。先把盒子里的东西——"

我心慌意乱地想着。只要把取子箱毁了，一直折磨着我们的诅咒肯定就会消失。一定是这样没错。

拿起留下的那个盒子。这个盖子不用借助鸟子的手，我自己也能打开。

我颤抖着手急躁地打开盖子，磷光如水般漫出。我眨眨眼，向盒中窥视，试图用右眼找出诅咒之核——

大脑停止了思考。

盒子里，什么都没有。

本该出现在右眼视野中的东西，一件也没有。没有被切下的小孩手指，也没有沾满血的脐带。

在我的手中，盒子的四个面向外侧砰然倒下。

从右手中滑落的盖子准确地嵌入了地板上散落的零件间。

就这么结束了。

取子箱，消失了。

我抬起头，发现我们身处一个镶嵌木片组成的错综复杂的迷宫当中。之前拼命解开的取子箱那些零件组合起来，形成了地板与墙壁。

道路向四面八方延伸而去，又分出歧路，望不到头。周围亮得如同白昼。抬头望去，只见迷宫并没有天花板，墙壁之上是一片深蓝色的光。

是"里世界"的天空。

鸟群的攻击已经停息，但腹部的疼痛仍在肆虐。我感到内脏非常憋闷，就连呼吸都困难。鸟子仍然没有动弹。红色的鸟群停在迷宫的墙头俯视着我们，没有发出一声鸟鸣。

"喂，鸟子。大事不妙了，差不多该起来了。"

声音无力地消散在蓝色的天空中，但我没有停下话头。

"我们好像不知不觉间，来到了很深的地方——"

至今为止我们两次踏入过"里世界"深处。遇见时空大叔那一次，以及在冲绳的海边。笼罩在迷宫之上的超蓝深渊散发着和当时一样的氛围。

并且，在那两个地方，我都遇见了幻化成闰间冴月的东西。

因为疼痛而变得迟钝的大脑一点点理解了这一切。

夹着书签的那页纸。在念出笔记里的文字时出现的黑衣女人。像手榴弹一样扔下来的取子箱。

以及，通过取子箱开启的，通往"里世界"深处的道路。

这些全部，都是为了把我们带到这里来而设下的陷阱吗？

落在墙头的鸟群一齐扭过头，看向道路前方。

从木头组成的迷宫中，一个高挑的人影走了过来。

富有光泽的黑色长发和让人联想起丧服的黑衣。镜片另一侧闪闪发光的双眼呈现出骇人的蓝色。

——是闰间冴月。

我爬向扔在墙角的双肩包，拉开拉链，拽出里面的马卡洛夫手枪。其实步枪更可靠，但它被拆开放在包里了所以用不了。要是我当时不嫌麻烦，跟鸟子学学怎么组装就好了……不，不管会不会现在都没那个时间了。

黑衣女人停下了脚步。在她脚下，躺着鸟子。我把枪口对准她，那双深不见底的蓝色眼睛看了过来。

这家伙，是真的冴月吗？风车女那一次明显是怪物，但这次却是人类的样子。不管用右眼看还是用左眼看都没有变化。现在再看，真是个美人啊，但这反而让我感到不安。假如她的脸突然变得像奸奸蛇螺一样恐怖，我可能会被长相的反差吓得休克而死。

"是冴月……吗？"

女人没有回答我。她的视线从我身上移开，看向脚边的鸟子。不祥的预感袭来，下一个瞬间，周围涌起了小小的羽翼拍打的声音。

红色鸟群一齐起飞，在我头上互相呼应鸣叫着。它们的叫声与其说是鸟鸣，更像人类的声音。从墙壁对面传来的，意义不明的阴沉低语。鸟群盯着底下的我们，把喙对准下方，收起翅膀俯冲而来。

被那么多诅咒命中一次就完了。我的身体已经十分衰弱，势必承受不住。我闭紧双眼，做好迎接剧痛的准备。

——没有来。

它们的目标不是我！

我睁开眼睛，面前的鸟群化作一条鲜红的河流，猛地钻进了鸟子的身体中。

"住手！"

我的喊声被羽翼拍打的声音所淹没。

所有的诅咒都消失在了鸟子的腹中，下一个瞬间，仰面躺着的鸟子抽动了一下。

从她的腹部内侧升起了一个激烈旋转的龙卷风，和我们与风车女对峙时鸟子的身体发生的分解很相似。她不断被向上吸去，势头和之前不可同日而语。黑衣女面无表情地看着这一切。

鸟子要被带走了……要消失了！

我用马卡洛夫对准目标，扣动了扳机。

没有一丝犹豫，子弹击中了女人的左胸。她回过头，看向我。我双手止住枪的反作用力，接着开枪。

没击中。右肩。左手前臂。没击中。喉咙。脸。脸。子弹用完了。

我放下枪口冒烟的马卡洛夫，观察情况。八枪中有六枪命中，但黑衣女依然站在那里。被击中的地方开了一个个洞，却没流出一滴血。

女人的身体摇摇晃晃，如同被风吹动的树木。就在我眼前，弹孔正慢慢再生。就像在如月车站遇到的"角男"一样，虽然速度要更慢些……

鸟子身上发生的现象没有变化，风车女那时这样做明明可以阻止的。毁了取子箱也没用，用枪打黑衣女也没用。马卡洛夫手枪里的子弹已经全数击发。那在这之后，我还能做什么？

"……明明我已经想放弃了。"

这样以来，只能横下一条心了。

"是鸟子不早点醒过来的错。"

自言自语说着对方听不到的借口，我把右眼的意识集中到鸟子身上。

对人类使用右眼。之前对空手家用的时候差点让她发疯了，自那以来，即使有人类进入右眼的视野中，我也一直极力注意不要把意识集中到对方身上。但是现在这种情况，也只能用这个办法试试了。

被右眼直视着的鸟子的身体中，出现了一个红色的甜甜圈状物体。是刚才飞进鸟子体内那些无数的红鸟重叠起来，高速盘旋形成的。从甜甜圈的中心喷出了一个状似羽毛的立体几何图形。

我想起了遭遇风车女时，鸟子在疯狂状态下脱口而出的那番话。假设在蓝色光芒的对面有某种未知的存在正在和我们接触（Contact）的话，"他们"是通过什么方式理解我们的呢？

比如说，把我们加工成能够理解的形态之类的？现在我所看见的，是否就是这个过程呢……

咻——传来了漏气似的声音。

鸟子张开嘴，吸了口气。

极度的安心让我几乎瘫坐下来，我喊道："鸟子！起——"

然后我意识到了。

不行。现在恢复意识的话，她就会看到头上那个女人。

我扔掉马卡洛夫，扑向鸟子。鸟子拼命咳嗽着重新开始呼吸，正试图睁开眼睛时我扑了过去，抱住了她的脑袋。

"空……空鱼，你在干吗？"

"别睁开眼睛，什么都别看。看了的话，你会发疯的。"

"是那么……可怕的东西吗？"

"没错，所以绝对不能看。"

"空鱼你没事吗？"

"别担心，我没事。"

我一边回答一边向上看去，不断再生的黑衣女正俯视着我们。你可什么都别说，拜托你闭嘴。我看向她的眼神一定是充满杀气的。

"比起那个，鸟子，你的身体没事吧？脑子呢？"

"脑子，你在说什么啊。"

鸟子轻轻笑了一声。

"肚子还在痛吧。"

"肚子已经不痛了，完全不痛！"

她回答的声音莫名的明快。

"话说啊，我的身体好轻，好像多余的东西都啾——地溶化了的感觉。这样下去会越来越轻松的哦。"

"等、等一下？"

"空鱼也试试看吧？虽然我不知道该怎么做，大概是，把肚脐附近嗖地切开，把手臂伸进去。随便做做看就好。"

呜哇——果然，这家伙不行了。

——不？等等？

用我的右眼看着……鸟子的左手来操作的话……

"鸟子，可能就是这个。"

"欸，你要把肚子撕开吗？哧哧地撕开？"

"不，不是……"

"太好啦，那我去到那边也放心啦！空鱼也能一起来，对吧！"

我无言以对。

"喂。"

"……行了你闭嘴，稍微借下你的左手用。"

"OK，要记得还回来哦。"

我握住她透明的左手，吩咐鸟子。

"听着，鸟子，等我给你信号，你就把左手碰到的东西抓住拽出来，可以吗？"

"啊哈——和平时一样呢。"

"是是是，和平时一样——要开始咯。"

我抓住鸟子的手肘把左手提起来，伸进了她自己的身体里。

"呜！"

鸟子发出呻吟。透明的拳头没入了腹部，干扰了红色的环面。鸟群盘旋飞行的轨道被打乱、扭曲，圆环表面出现了不规则的涟漪。

"对，抓住那个！摸到了就拽出来，能做到吗？"

"可……可以是可以，呜呜，总觉得好恶心，可能会吐。"

"行了快做！"

"知道了啦……呃呜！"

鸟子握紧左手向外一拉，只见那个扭曲的圆环一点点从肚子里被拽了出来。

随着圆环脱离鸟子的身体，从她腹中升起的旋涡也变得混乱，逐渐消失了。完全暴露在空气中的，是用红纸叠成的千纸鹤似的东西。

鸟子松开手，红鸟叠成的块状物啪地一声掉在地上，摔得粉碎。

看吧，怎么样！别想轻易带走鸟子！

我喘着粗气，抬头看向黑衣女，却悚然一惊。对方的脸出乎意料的近。刚才明明还几乎对我们没什么反应，不知什么时候却已经深深弯下腰，把脸凑了过来，近得几乎要贴上了。

"咦？这个味道……总觉得……"

好怀念——鸟子刚要开口，我产生了危机感，用力抱紧了她，就像要把她的眼睛、耳朵、鼻子全都堵住一样。

那时，在我耳边响起了女人的低声耳语。

"你也——来——"

"欸？"

听不懂对方所说的话。只是，这句话非常可怕——留下了这样的印象。

直到刚才我还能瞪着这个女人，因为这意义不明的一句话，她却成了恐惧的源头。什么都不想看，什么都不想知道。尽管如此，却不受控制地抬起了头。

当女人的脸再次映入眼帘时，我的右眼窥见了她背后的某种东西。毫无疑问，这个女人连结着"超蓝（Ultra-Blue）"的另一侧。存在于"里世界"深处，彼方的"他们"。经由恐怖与疯狂，我感觉到了他们的气息——试图让我们越过这道蓝色深渊的，巨大而诡异的某种东西。仅仅如此，我的认知已经超载。

所有感觉器官都开始报错，接到报错的大脑和神经系统完全当机，而我不为所动地看着这一切，就像一切与己无关。

7

回过神来，我已经躺在了床上。

坐在一旁的小樱脸色大变，她踢开椅子站了起来，向我弯下腰。

"小空鱼，知道我是谁吗？能看见我吗？"

"……看得见，也知道。"

我嘶哑着嗓子回答，小樱如释重负地出了口气。

"哈……别让人担心啊，笨蛋……"

浅蓝色的亚麻布散发出淡淡的消毒水味。床边挂着帘子，看不到屋里的模样，但我马上反应过来，这里是某处医疗设施。

"小樱你呢，没事吗？"

"一点事都没有，你呢？"

"还行吧。"

实际上肚子仍然又重又难受，但愿没留下太多后遗症。

"这里是哪儿？难道是之前的病房？我们在这里待了多久——"

我试图坐起身，但被小樱阻止了。

"别逞强，这里是 DS 研里的门诊室。从刚才到现在大概过了三个小时。"

我转头看向旁边的床。左手的触感已经告诉了我鸟子也躺在那里，两张床紧挨着。

"你们俩当时完全精神错乱了。紧紧缩成一团就像被屈肢葬[1]了一样，还哼着乱七八糟的歌。因为你们牵着手不放，所以就让两个人一起躺着了。行了你歇着吧，我去把汀喊过来。"

"鸟子她——没事吧？"

我小心翼翼地问道，小樱讽刺地弯了弯嘴角。

"刚才还醒着大吵大闹呢。'空鱼没事吗''真的能醒过来吗'什么的……累了之后就又睡着了，看上去比小空鱼更有精神哦。"

说完她转过身出了门诊室。

我躺回枕头上，注视着鸟子的睡脸。

"要是自己不在了什么的，净说些让人误会的话……"

睡着的鸟子用右手紧紧握着我的手不放。

---

1 把尸体手脚屈折进行埋葬的方法，也叫座葬。

"嗯……"鸟子微微睁开眼，迷迷糊糊地说，"要是觉得麻烦，就，把手放了。"

"谁这么说了。"我叹了口气，"还记得发生了什么吗？"

听了我的询问，鸟子含糊地回答："到打开盒子那里还……后面的就记得不太清楚了。好像空鱼为我做了什么的样子。"

"不，那个，也不是什么大事。"

我于心有愧，敷衍了过去。鸟子咬住下唇。

"对不起，都怪我拜托你做那种事，我——"

"啊——真是的，行了，不要再说了。"我不耐烦地打断了鸟子的话头，"总觉得明明是鸟子你让我陪你去找冴月的，却自顾自地打退堂鼓……我一点都不介意这件事，不如说你这个态度反而让人生气。"被难以自抑的冲动驱使着，我接着说道，"虽然你让我多交朋友，拓宽自己的世界，但其实不是这样的，是鸟子拓宽了我的世界。比如说去沙滩什么的……虽然感觉有一半是借着酒劲决定的。"

鸟子默默听着。

"为什么要努力帮白马营逃出去，其实是因为我不想要自己的'里世界'里有多余的人。想让他们赶紧出去。那么一大堆人，又很烦。"

"咦，咦……是因为这样吗？"

鸟子惊愕地张大了嘴。

"没错。我的目的从一开始就没变过，只是不想自己发现的游乐园被别人破坏而已。"我对着瞪圆了眼睛的鸟子说道，"但是，我想和鸟子在一起。希望能永远和你一起玩。所以——希望你不要把我当作牺牲者。"

听了我的话，鸟子在被子下面把身体转过来，直视着我。

"原来如此。是这样，毕竟我们是共犯啊。"

"没错。"

终于明白了——我点点头。

"原来是这样，所以提到小空手家的时候你也……"

她自言自语地说着偷笑起来。

"……哪里好笑了？"

"没有，只是有点觉得——空鱼你这孩子可真让人头疼啊！"

"哈啊？！"

听到这句始料未及的话，我张大了嘴。

或许是觉得我的表情很有趣，鸟子放声大笑。

"你是说我很麻烦吗？"

"谁知道呢，你自己品品。"

"鸟子！"

正打算追问下去，鸟子躲进了被子里。

她不出来了，可能是打算装睡吧。

真是没礼貌。逮着我这么坦率的人说麻烦，轮得到你说吗？我一边生气一边躺回枕头上。

那个黑衣女，果然是闰间冴月本人吗？它引诱我们，让我们发狂，又是为了什么呢——

太累了，没办法思考。我放弃了思考，闭上眼睛。

闰间冴月的笔记本。在"里世界"深处等待着我们的存在。第四类接触者的归宿。逐渐增加的，瞒着鸟子的事。

应该考虑的问题堆积如山，但现在不行。必须先休息，让体力和理智恢复过来。

等振作起来之后，和鸟子两个人坐着 AP-1，翻山越岭，去各种地方冒险吧——漫无边际地想着，我陷入了沉睡。

Otherside　Picnic

参考文献

本作品以现存众多真实怪谈和网络传说为原型写就。笔者将书中直接引用之故事特别标注如下。下记内容涉及正文，可能存在剧透，请谨慎阅读。

■ 档案 5 如月车站美军救援行动

妖怪"奸奸蛇螺"最初出自网站"恐怖故事投稿：Horror Teller"的"奸奸蛇螺"一文（发布于 2009 年 3 月 26 日）。不知出于何种原因，该投稿很快被删，但以"很恐怖所以再投一次"为题，附评论重发了一次（发布于 2009 年 4 月 14 日）。由于"Horror Teller"已经不存在，一开始的投稿消失的原因也无从考证。此后过了两年以上，论坛 2ch 揭示板的灵异超常现象版块"来收集一点都不好笑，恐怖得要死的恐怖故事吧？271"帖子也转载了该文（发布于 2011 年 6 月 26 日）。

该故事的最大特征在于对幻想生物的华丽描写。"有着六只手臂、下半身是大蛇的女人"让人联想到 RPG 游戏《龙与地下城》中登场的原创怪物"六臂蛇魔 Marilith"。

■ 档案6 世界尽头的海边度假之夜

关于民宿的描写，原型来自"恐怖故事投稿：Horror Teller"中的投稿——"度假地打工"（发布于2009年8月4日）。

后半段的展开部分引用了"来收集一点都不好笑，恐怖得要死的恐怖故事吧？78"帖子（有两个同名帖）的第797—850楼"在须磨海岸"（发布于2004年7月14日）（并有部分与"度假地打工"一文相结合）。上记范围中，除了讲述人以外也有部分回帖表示"我知道这个！""这起事件在当地很有名"，但可信度不明。

■ 档案7 猫咪忍者来袭

如正文中提及的一样，"最近，我被猫咪忍者盯上了"这一有名的复制粘贴梗是从该怪谈开头部分截取下来的。最初出自2ch揭示板的灵异超常现象版块"直播身边怪事帖151"的第121楼（发布于2008年3月21日），之后不断有常驻用户表示自己也被卷进了这起事件当中。该帖子沉下去之后，同版块又出现了"猫忍"（发布于2008年3月23日）、"猫忍·第二卷"（发布于2008年3月26日）这两个独立帖子。但约一个月之后便逐渐淡出公众视野。当时的讲述人上传了多张照片，但因已停止图片服务，现在完全无法确认照片内容。

此前的类似报告有"来收集一点都不好笑，恐怖得要死的恐怖故事吧？145"中的"监视者'猫'"（发布于 2006 年 10 月 10 日）。是关于误入猫咪集会，被猫监视的体验谈，不含忍者要素。

■ 档案 8 箱中小鸟

"取子箱"最初出现在"来收集一点都不好笑，恐怖得要死的恐怖故事吧？99"的第 912 楼（发布于 2005 年 6 月 6 日）。讲述人呼吁网友"有相关信息希望能告诉我"，此后，许多人都在网上发布了关于"诅咒之箱"的怪谈。

以最开始的故事为诱因，之后又出现"有过同样的体验""听过很像的事"等类似故事（又或者是之前的故事被挖坟），这是网络怪谈的一大特征。除了"扭来扭去"和"时空大叔"等怪谈之外，这一特征在"取子箱"中也得到了体现。专用帖子中的讨论一直持续到 2008 年左右。

另外，本章中提及的 20 世纪 90 年代官民进行的超自然现象研究，参考了斋藤贵男所著《邪教资本主义》[1] 一书（文春文库出版，2000 年）。

再者，在第一卷中虽未进行解说，但"里世界"的蓝色也有原型。

其一是我妻俊树作品《FKB 怪幽录 奇奇耳草纸》中收录的"秘密"一文（竹书房文库出版，2015 年）。是关于透过玄关猫眼看见另一侧为蓝色的体验谈。

---

1 原文为"カルト資本主義"。

其二是笔者在网上读到的怪谈。记忆中是这样的一个故事：讲述者的朋友（女性）在小区里迷路回不了家，便打电话向他求助。讲述者与有着超强灵力的合租人前去接她，双方能用电话交流，明明到了同一个地方，不知道为什么却见不到面。简直就像误入了另一个世界一般。在这一过程中，女性朋友表示看见了一个穿着蓝衣服的男人，想去问路。这时，合租人面色大变，说"蓝色的男人很危险，绝对不要接近他"。最后朋友被安全救出，但之后怪事仍在继续……

细节上可能有些差错，但大致情节就是这样。笔者说法含糊的原因是目前已经无法再阅读这篇文章了。该怪谈并非文本，而是根据文本整理而成的图片。在网上，该图片早已消失，也搜索不到。这个故事可以说与"时空大叔"是同一类型，强大的灵能力者也难以捉摸的蓝色男子之诡异，不合逻辑的后日谈等，总而言之奇怪的细节多得说不完，这个故事消失实在令人惋惜。

相似的故事有"来收集一点都不好笑，恐怖得要死的恐怖故事吧？129"帖子的第361楼"蓝色的人来了！"（发布于2006年5月15日）。讲述的是失踪的姐姐回来，但因为害怕"蓝色的人"而再次失踪的一桩体验谈。从它是神隐系故事这一点来看，与上文所述的蓝色男人遭遇谈有着共同之处，这也是令人在意的地方。

此外还有许多网络传说和真实怪谈也对笔者造成了间接的影响。非常感谢各位一直为我带来恐怖的乐趣。

图书在版编目（CIP）数据

里世界郊游 . 2, 世界尽头的海滨度假之夜 / (日)
宫泽伊织著；游凝译. — 北京：文化发展出版社，2021.2（2023.3重印）
书名原文：裏世界ピクニック 2　果ての浜辺のリゾートナイト
ISBN 978-7-5142-3299-8

Ⅰ . ①里… Ⅱ . ①宫… ②游… Ⅲ . ①幻想小说 – 日
本 – 现代 Ⅳ . ① I313.45

中国版本图书馆 CIP 数据核字 (2021) 第 017717 号

版权合同登记号　图字：01-2020-6152
URASEKAI PIKUNIKKU 2
Copyright © 2017 Iori Miyazawa
Originally published in Japan by Hayakawa Publishing Corporation
Simplified Chinese translation rights arranged with Hayakawa Publishing Corporation
through AMANN CO., LTD.

里世界郊游 . 2　世界尽头的海滨度假之夜

[日] 宫泽伊织 / 著
游凝 / 译

责任编辑：周　蕾	特约策划：欧阳博　张录宁	
责任设计：郭　阳	责任校对：岳智勇	
责任印制：杨　骏		

出版发行：文化发展出版社（北京市翠微路 2 号　邮编：100036）
网　　址：www.wenhuafazhan.com
经　　销：各地新华书店
印　　刷：嘉业印刷（天津）有限公司
开　　本：880mm×630mm　1/32
字　　数：174 千字
印　　张：8.75
印　　次：2021 年 3 月第 1 版　　2023 年 3 月第 2 次印刷
定　　价：36.00 元
Ｉ Ｓ Ｂ Ｎ：978-7-5142-3299-8

◆　如有任何印刷装订质量问题，请联系：010-57735441 调换。